Lars Jakob

TAXI BERLIN

Ansichten eines Chauffeurs

Worthold

Cover handgezeichnet von Maren Rietz

Entwurf Cover von Marian Bertzen

Layout und Grafik-Design von Wolfram Arntzen

Herstellung und Verlag: BoD – Books on Demand, Norderstedt

Bibliografische Information der Deutschen Nationalbibliothek: Die Deutsche Nationalbibliothek verzeichnet diese Publikation in der Deutschen Nationalbibliografie; detaillierte bibliografische Daten sind im Internet über dnb.dnb.de abrufbar.

ISBN: 9-783-7534-7776-3

WÄREN SIE GEEIGNET ALS TAXIFAHRER? MACHEN SIE DEN SCHNELLTEST!

ACHTUNG: BITTE UNZUTREFFENDES STREICHEN!

Folgende Aussagen könnten von mir sein:

*Ich bin Gerüchen gegenüber vollkommen unempfindlich.
*Ich finde, Körperausscheidungen sind die natürlichste Sache der Welt.
*Ich bin gerne mit mir allein.
*Ich liebe Smalltalk.
*Ich bleibe auch in angespannten Augenblicken stets ruhig und gelassen.
*Ich bin überzeugt davon, dass ich einen Schutzengel habe.
*Ich bleibe gerne nüchtern, wenn andere Leute feiern.
*Ich lasse mich gerne von wildfremden Personen duzen.
*Ich liebe die Menschen und bin gerne auf engstem Raum mit ihnen eingesperrt.
*Auch unsympathische Zeitgenossen muss es geben.
*Ich ziehe frische Abgase einem Spaziergang in der Natur vor.
*Autofahren ist für mich Sport.
*Ich bin schon mal bei Rot über eine Ampel gehuscht, wenn ich in Eile war.

*Ich liebe es, ohne jegliche Vorwarnung plötzlich eine Vollbremsung zu machen.

*Verkehrsregeln sind lästig und schränken meine Freiheit ein.

*Radfahrer sind die Pest des 21. Jahrhunderts.

*Ich arbeite gerne zwölf Stunden am Stück.

*Ich arbeite gerne für einen Hungerlohn.

Auswertung:
Gar nichts durchgestrichen:
Vollkommen geeignet! Ab ins Taxi! (Nicht als Fahrgast. Hinters Steuer.)

Eine bis fünf Aussagen gestrichen:
Immer noch super! Stadtplan kaufen und auswendig lernen.

Die Hälfte gestrichen:
Lieber nicht. Probieren Sie es bei der Polizei.

Alles durchgestrichen:
Ungeeignet! Taxi fahren stets als Fahrgast.

Keinen Stift gefunden?
Spielverderber! Zur Strafe eine Stunde von einem Taxifahrer vollquatschen lassen.

Nicht mitbekommen, worum es geht?
Buch weglegen, Fernseher an.

Keine Lust gehabt, mitzumachen?
Weiterlesen. Natürlich völlig freiwillig.

TAG

TAXIPRÜFUNG

«Kennen Sie denn nicht Im Dol?»

Mir bricht der Schweiß aus. Nie gehört. Im Dol, wo soll das denn sein?

«Wie wollen Sie denn sonst von Zehlendorf Mitte zum Sankt-Gertrauden-Krankenhaus nach Wilmersdorf kommen?»

Der Prüfer schaut mich böse an.

Ich überlege, ihm zu erklären, dass ich sowieso die meiste Zeit im Ostteil der Stadt unterwegs zu sein gedenke, denn schließlich ist der Fuhrpark meiner Firma im Prenzlauer Berg. Aber das zählt hier natürlich gar nicht. Und es wäre auch kontraproduktiv, denn meine beiden Prüfer sind ausrangierte Kutscher, die ihre komplette Karriere im ehemaligen Westberlin verbracht haben. Noch zu Mauerzeiten haben sie sich ausschließlich zwischen Charlottenburg, Schöneberg und Steglitz hin und her bewegt.

Ich scheitere an der imaginären Tour zum Sankt-Gertrauden-Krankenhaus.

Das ist aber auch schwer hier! Ich muss die Straßen aus dem Gedächtnis runterbeten, während die beiden schlauen Füchse auf einen laminierten Stadtplan schauen, den sie vor sich halten. Ganz Berlin passt da mit Sicherheit nicht drauf, das könnte ein Vorteil für mich sein.

«Gut. Die erste Tour haben Sie vergeigt, jetzt muss die zweite aber sitzen!»

Mir läuft der Schweiß den Rücken runter.

«Fahren Sie jetzt bitte vom Hotel Easy Living zur Parkklinik Weißensee!»

Ich krame in meinem Gedächtnis. Wir Prüflinge müssen eine lange Liste von Hotels auswendig lernen, mit der dazugehörigen Anfahrt. Also eine kleine, völlig unbedeutende Seitenstraße, die die offizielle Adresse des Hotels darstellt. Ständig wechseln die Hotels ihren Besitzer und werden umbenannt, neue Hotels kommen dazu und müssen gelernt werden. Ich werde fündig in meinem Gedächtnis.

«Das Hotel Easy Living ist in der Hermann-Hesse-Straße in Niederschönhausen.»

«Ja, stimmt», sagt der Prüfer, «und die Parkklinik Weißensee?»

Eine Schublade in meinem Gehirn öffnet sich.

«Das ist in der Schönstraße», sprudelt es aus mir heraus.

«Stimmt ebenfalls. Dann fahren Sie doch mal los!»

Das meint er metaphysisch, denn niemand fährt hier irgendwohin los. Das ist schließlich keine praktische Führerscheinprüfung, sondern eine in Ortskunde. Und die läuft nur im Geiste ab, also imaginär. Ich habe jetzt zwei Punkte vor meinem inneren Stadtplan. Nun gilt es, die Hermann-Hesse-Straße in Niederschönhausen mit der Schönstraße in Weißensee zu verbinden und dann jede Straße zu benennen, inklusive Richtungsangaben. Das hört sich dann so an:

«Hermann-Hesse-Straße wenden, dann links in die Heinrich-Mann-Straße, geradeaus Schönholzer Straße, links Breite Straße, rechts Berliner Straße, links Granitzstraße, im Verlauf Rothenbachstraße.»

An dieser Stelle unterbricht mich der Prüfer. Meine

Strecke gefällt ihm nicht. Die beiden haben sich hinter den laminierten Stadtplan verkrochen und meine Route konzentriert mitverfolgt. Ich erwähnte, dass die Herrschaften Prüfer sich im Osten nicht auskennen? Ich möchte jetzt sofort auch auf diesen Stadtplan schauen!

«Wieso nehmen Sie nicht die Kissingenstraße? Das ist ein Umweg!»

Die beiden stecken die Köpfe zusammen und tuscheln etwas. Gar nicht gut.

«Wir haben gerade nachgemessen: Sie sind einen Umweg von mindestens achthundert Metern gefahren! Damit können wir Sie leider nicht davonkommen lassen. Sie sind durchgefallen!»

Stocksteif sitze ich da und kann es nicht fassen. Ich wollte doch nur Taxi fahren, nicht das Staatsexamen ablegen. Durchgefallen. Wegen achthundert Metern Umweg. Und mit was haben die das eigentlich nachgemessen, mit einem Bindfaden etwa? Ich sehe keinen. Aber die Beweislast scheint erdrückend und ich bin entlassen mit den Worten:

«Sie sind jetzt für drei Monate gesperrt, melden Sie sich im Mai wieder, wenn Sie meinen, dass dann genug Ortskenntnis vorhanden ist.»

Kater Carlo, mein Chef (*Name von der Red. geändert*), ist stinksauer, als ich nachmittags zerknirscht im Büro des Taxiunternehmens sitze. Er hat mich über Monate in Ortskenntnis geschult und wollte mich eigentlich gleich morgen in der Tagschicht einsetzen.

«Was ist das denn für eine beschissene Tour? Niederschönhausen, wer will da denn hin? Ich rufe den Beutel an!»

Schon hat er den Telefonhörer in der Hand und ruft den Prüfer Herrn Beutel (*Name von der Red. geändert*) an. Man kennt sich wohl in der Taxiszene.

Er rennt zum riesigen laminierten Stadtplan an der Wand. (Ja, so groß muss der sein, wenn ganz Berlin draufpassen soll!)

Er schaut sich die Strecke an und beendet das Telefonat.

«Stimmt leider, die achthundert Meter kann man wohl nicht wegdiskutieren. So eine Scheiße! Meine Fahrer fahren ständig im leichten Bogen zu ihrem Ziel. Und – hat sich da schon mal einer beschwert? Ich denke nicht. Oh, dieser Beutel, das nehme ich persönlich!»

Mir war so, als ob ich das persönlich nehmen sollte. Durchgefallen.

Das bedeutet für mich, in den nächsten drei Monaten alle möglichen Punkte Berlins miteinander zu verbinden und die entsprechenden Straßennamen vor mich hinzumurmeln. Ich kann mir eine sinnvollere Tätigkeit vorstellen. Wozu gibt es schließlich Navigation? Es hängt sich doch sowieso später jeder Depp ein Navi ins Auto! Und bald schon gibt es selbstfahrende Autos ohne den Herrn Taxifahrer! Hat da mal einer drüber nachgedacht?

Mist, eigentlich wollte ich ab morgen Geld verdienen. Ich fühle mich wie der allerletzte Loser.

Drei Monate später bestehe ich beide Teststrecken vor denselben Prüfern mit Bravour. Ah, endlich aufgenommen in die Gilde der Berliner Droschkenkutscher!

Heute wird gefeiert und morgen geht's dann endlich los.

Berlin, ich komme! Dein neuer Stern am Taxihimmel ist da!

Wenn ich damals gewusst hätte, welcher Lebensabschnitt jetzt für mich beginnen sollte, ich hätte nicht gefeiert, sondern im stillen Kämmerlein ein paar heiße Tränen vergossen.

Doch schon am nächsten Morgen in der Frühe heißt es: Time is Cash! Auf in den Kampf!

DIE ERSTE SCHICHT

Es ist soweit: Meine erste Schicht in meinem neuen Leben als Taxifahrer!

Ich muss mit öffentlichen Verkehrsmitteln nach Kreuzberg fahren, um mein Auto am Kottbusser Tor zu suchen. Im Prenzlauer Berg, wo die meisten Taxen meiner Firma stehen, sind alle Wagen von Tagfahrern belegt. Nun habe ich mir das Taxiunternehmen extra um die Ecke gesucht, um es nicht weit zur Arbeit zu haben und ausgerechnet am ersten Arbeitstag muss ich morgens um sieben die U-Bahn nehmen. Ein unbequemer Start. Nach einigem Suchen finde ich mein Auto in der Skalitzer Straße in Kreuzberg. Ich schraube das Taxischild aufs Dach. («Bitte immer die Schilder und die Antennen nach der Schicht abschrauben, die werden sonst geklaut. Ihr müsst die dann bezahlen!», habe ich meinen Chef im Ohr.)

Ich schalte den Sprachfunk ein und sofort geht das Gebrabbel los. Du meine Güte!

«Zwo acht fünf, welche Position an der Knaack?», fragt gerade die Zentrale.

«Ich bin erster Würfel», antwortet ein Fahrer.

«Zentrale, fünf fünf sieben ist Erster an der Knaack!», meldet sich ein Zweiter.

«Fünf fünf sieben, ich habe Sie drei Mal aufgerufen, schlafen Sie? Ich sperre Sie jetzt für zwei Stunden.»

«Zentrale, ich stehe hier seit einer Stunde und war nur mal kurz eine rauchen.»

«Ist mir egal, Sie sind gesperrt.»

«Blöde Kuh!»

«Fünf fünf sieben, Sie sind jetzt ruhig und beachten die Funkdisziplin. Ich sperre Sie für fünf Stunden!»

Ein gesperrter Kollege bekommt keine Aufträge von der Zentrale vermittelt und kann entweder auf einsteigende Fahrgäste hoffen oder besser gleich Feierabend machen. Fünf Stunden Sperre bedeutet eigentlich Feierabend. Was herrscht hier für ein rauer Ton! Ich finde den Sprachfunk von Anfang an einfach nur belastend. Nervtötend, wie dort um Aufträge gestritten wird, was eigentlich die ganze Zeit passiert. Gleichzeitig muss man höllisch aufpassen und genau zuhören, sonst verpasst man seinen Auftrag und verdient nichts.

Ich entschließe mich, den Sprachfunk erstmal zu ignorieren und fahre einfach drauf los, auf gut Glück, mal den Verkehr antesten.

Es ist morgens um halb acht und das Verkehrsaufkommen beeindruckend. Ganz schön stressig, einfach nur so durch die Stadt zu kurven, absichtslos und ohne wirkliches Ziel. Ich muss ja nirgendwo hin. Ich beobachte scharf, ob nicht irgendwo einer winkt, der mir dann schon sagen wird, wo er jetzt gerne mit mir hin möchte. Da winkt aber keiner. Absolut niemand. Kreuz und quer fahre ich durch die Stadt. Friedrichstraße, Unter den Linden, Brandenburger Tor, Siegessäule. Tolles Sightseeing eigentlich, was ich hier mache, wenn nur dieser Verkehr nicht wäre. Gehupe, Stau, Stress. Zum Teil bin ich mir echt nicht sicher, ob ich will, dass jemand winkt. Wie soll man denn hier überhaupt anhalten? (Später erst wird mir klar, dass Taxifahrer einfach immer und überall halten und sei es mitten auf einer Kreuzung. Um dann bei Rot zu wenden und mit Fahrgast sofort in die gewünschte Richtung loszuschießen.)

Wohin nun? Irgendwann muss sich auch der unerfahrene Neuling entscheiden, an welcher Taxihalte er sich zu anderen Kollegen gesellt. Wo er dann wartet. Ich entscheide mich für den Prenzlauer Berg, da kenne ich mich wenigstens aus.

Ich stelle mich in der Knaackstraße zu den anderen Kollegen. Zwei geschlagene Stunden bin ich sinnlos durch die Stadt gefahren. Verdient habe ich bis jetzt noch nichts. Das habe ich mir aber leichter vorgestellt!

Vielleicht sollte ich doch in meinem erlernten Beruf arbeiten, grübele ich vor mich hin: Heilpraktiker. Aber da muss man in einer Praxis arbeiten und hoffen, dass auch Patienten kommen. Taxen werden doch schließlich immer gebraucht, oder?

Ich rauche eine Zigarette, draußen. Der Opel Zaphira ist ein Nichtrauchertaxi. Ich lausche dem laut gestellten Funk.

«Ein Raucher an der Knaack?»

Da, jetzt hat sie die Knaackhalte angesprochen!

«Ich bin doch Raucher!», möchte ich funken, aber die Zentrale meint natürlich das Auto. Den Auftrag bekommt der zweite Kollege in der Schlange. Er schießt auch sofort los, mit Kippe im Mund. Alle müssen jetzt aufrücken, auch ich.

Ich warte noch mal eine Stunde, während der ich immer weiter nach vorne rutschte. Menschen steigen in die Taxen vor mir, andere Kollegen fahren los zu Funkaufträgen. Schließlich bin ich Erster.

Ich lausche aufgeregt dem Funk und achte auf Fußgänger, ob sich nicht einer in mein Auto verirrt. Und wo es dann

16

wohl hingeht? Ogottogott. Irgendwas wird jetzt passieren.

«Spandau Hafenplatz?», fragt die Zentrale.

Müssen die denn wirklich alle Taxihalten in Berlin ansprechen? Wie viele gibt es eigentlich? Hundert? Während ich darüber nachdenke, geht hinten auf der Beifahrerseite die Tür auf und der erste Fahrgast meines Lebens steigt ein.

Jetzt bloß die Nerven behalten.

«Zum Oranienplatz, bitte!»

Er ist etwa in meinem Alter und sieht ganz nett aus. Mann, bin ich nervös.

«Wie fährt man denn da am besten?», frage ich ihn scheu.

«Einfach erstmal die Prenzlauer Allee runter. Du fährst noch nicht so lange, oder?»

Eine Tour von der Knaackstraße zum Oranienplatz ist weder weit noch kompliziert, ein Taxifahrer sollte die locker schaffen, auch ein Anfänger.

«Äh, stimmt. Genau genommen ist das heute mein erster Tag.»

Dass er auch mein allererster Fahrgast ist, behalte ich lieber für mich.

«Und was machst du so?», versuche ich abzulenken und das Thema zu wechseln.

«Ich bin Heilpraktiker.»

Zack! Mein erster Fahrgast – und was ist er? Ausgerechnet Heilpraktiker!

«Das habe ich auch mal gelernt», lasse ich ihn wissen.

«Was? Und da fährst du Taxi? Warum das denn? Da vorne links.»

Er scheint wirklich überrascht.

«Na ja», versuche ich mich zu verteidigen, «das kann

ich auch nicht so genau sagen. Es schien mir eine gute Idee zu sein mit dem Taxifahren. Bisschen sicherer.»

«Echt? Aber als Heilpraktiker verdienst du doch viel besser!»

Worte wie ein scharfes Schwert.

«Wirklich? Läuft es gut bei dir, ja?», frage ich ihn in einem Anflug von Masochismus.

Will ich das wirklich wissen?

«Ja klar, läuft spitze. Nächste rechts. Ich gebe dir mal meine Karte, solltest du es dir anders überlegen. Ich mache ja auch Coaching. Hier kannst du halten. Den Oranienplatz solltest du aber kennen als Taxifahrer.»

Tu ich doch auch. Ich hätte nur nicht hergefunden. Er gibt mir seine Visitenkarte und steigt aus. Er lässt mich in meinem Elend allein zurück.

Da war sie nun, die erste Personenbeförderung meines neuen Lebensabschnitts.

Ein erfolgreicher Heilpraktiker. Verdammt, das ist gemein!

Eingesunken vor dem Lenkrad starre ich auf seine Visitenkarte. Was mache ich hier bloß?

Würde ich zur Schizophrenie neigen, hätte ich jetzt einen Chor von Stimmen im Ohr, der mich niedermetzeln würde: Falscher Job, du Loser! Völlig ungeeignet als Taxifahrer! Steig aus und lass den Wagen einfach stehen! Begib dich umgehend nach Hause, geh wieder ins Bett, Decke fest über den Kopf! Gehe nicht über Los!

Aber ich neige nur zum Grübeln. Ich drehe den Zündschlüssel um. Fahre weiter.

Fünf Jahre lang.

BILD DIR DEINE MEINUNG

Er steigt mir an der Knaackhalte montagmorgens um acht ein. Sofort macht er sich unbeliebt:

«Zum Axel-Springer-Haus, aber bitte ein bisschen flott!», befiehlt er gebieterisch.

Ich hasse diese Tagesanfänge. Eine unlukrative, kurze Tour in die falsche Richtung. Da ist es jetzt so voll, alle wollen um diese Tageszeit nach Mitte zu ihrer Arbeitsstätte oder durch die Mitte hindurch. Er sollte wissen, dass das jetzt nicht schnell geht.

«Flott? Um diese Uhrzeit und in diese Richtung dürfte das schwierig sein», versuche ich den Stress, den dieser Mann mir unaufgefordert überbrät, auf den Verkehr abzuwälzen. Aber nicht mit ihm:

«Hören Sie, ich will nicht diskutieren, sondern fahren! Also drücken Sie gefälligst ein bisschen auf die Tube!»

Das kann ja heiter werden. Nur die Ruhe bewahren, goldene Taxifahrer-Regel Nummer eins.

Wir biegen in die Prenzlauer Allee ein und sofort sehe ich den Rückstau. Keine Umfahrung möglich, also gesellen wir uns zu den anderen Verkehrsteilnehmern. Er hat inzwischen angefangen zu telefonieren.

Die meisten Fahrgäste nutzen die Taxifahrt für ein Telefonat. Ob das den Fahrer vielleicht stören könnte, fragt so gut wie niemand. Insbesondere nicht dieser Mann hier. Höflichkeit? Ich denke, er hat das Wort noch nie gehört.

Es geht nur schleppend vorwärts, ich bin seinem

Gewäsch hilflos ausgeliefert. Was redet der denn bitte für ein Zeug um diese Uhrzeit?

«Wie findest du es, wenn man seine Sekretärin knallt? Ich finde das ja voll in Ordnung. Einfach Rock hoch und ordentlich vögeln auf dem Schreibtisch!»

Aber hallo! Normalerweise versuche ich, bei Handytelefonaten auf Durchzug zu schalten. Eine Kunst, die jeder Taxifahrer beherrschen sollte. Aber dieses Telefonat kann man nicht ignorieren. Dafür redet er auch einfach zu laut.

Ich entnehme dem weiteren Inhalt des Telefonats, dass er wohl Redakteur bei der Bild-Zeitung ist. Dieser Mann nimmt Raum ein, auch durch seine physische Präsenz. Ein ordentlicher Bauch wölbt sein Hemd gen Vordersitz, er trägt seinen Anzug ohne Krawatte, das Hemd zu weit aufgeknöpft. Mir wird klar, dass man auch im Anzug schlampig aussehen kann. Er wird mir immer unsympathischer.

Wie fahren wir denn jetzt am besten? Wir müssen irgendwie auf die Leipziger Straße gelangen, von dort ist es dann nur noch ein Katzensprung zum Axel-Springer-Haus. Eine Links-Rechts-Kombination. Ich sehe da genau drei Möglichkeiten. Die Wege sind entfernungstechnisch, sprich vom Fahrpreis her, identisch. Normalerweise würde ich den Fahrgast an meiner Entscheidungsfindung teilhaben lassen, was ein kluger Schachzug ist. Wenn sich nämlich Fahrgast und Kutscher auf einen Weg einigen, reduziert das den Stress ungemein. Beide teilen sich dann die Verantwortung. Mein unsympathischer Redakteur von diesem unsympathischen Blatt ist aber überhaupt nicht ansprechbar, er redet weiterhin ungeniert über Kopulationen am Arbeitsplatz.

Ich fahre geradeaus an der Mollstraße vorbei. Darauf

scheint er gewartet zu haben. Er baut mich in sein Telefonat mit ein:

«Warte mal kurz, Klaus. Der fährt mich hier spazieren! Das gibt's doch gar nicht. Hören Sie mal, wie fahren Sie denn? Das kann ja wohl gar nicht sein! Warum nehmen Sie nicht den Tunnel? Klaus, da will mich einer verarschen! Das hab ich ja noch nie erlebt, eine Frechheit ist das!»

Er telefoniert einfach weiter. Ich weigere mich, das zu akzeptieren:

«Wenn Sie einen bestimmten Weg fahren wollen, müssen Sie schon mit mir reden.»

Gut gekontert, wie ich finde.

«Das kann ich ja nicht ahnen, dass Sie so einen groben Fehler machen. Fahren Sie jetzt so weiter, geht ja nicht mehr anders. Das dauert jetzt viel zu lange. Zum Kotzen!»

Zum Kotzen finde ich ihn spätestens jetzt auch. Zorn steigt in mir hoch.

Natürlich stehen wir ab jetzt ewig an jeder roten Ampel. Die Atmosphäre ist hoffnungslos vergiftet. Der Weg dauert eine gefühlte Ewigkeit. Er wälzt seinen Frust darüber auf mich ab.

«Klaus, ich sage dir, beim Taxi fahren erlebst du was. Nur noch Kanaken und Leute, die sich nicht auskennen in Berlin.»

Ich könnte explodieren. Dieser Mann will andere Menschen erniedrigen.

Er lässt sich direkt vor das Springer-Gebäude fahren. Am Pförtner vorbei durch die Schranke, direkt vor den Eingang. Nicht kleckern, sondern klotzen.

Er beendet das Telefonat. Neun Euro achtzig sind auf der Uhr.

«Eine Quittung über zehn, aber zügig. Verdient haben Sie das nicht für Ihre Unverschämtheit.»

Zähneknirschend kritzele ich ihm eine Quittung hin, eine über zehn Euro Hass.

«Aha, Sie arbeiten für Metrotaxi. Damit das klar ist, ich werde mich über Sie beschweren!»

Ich mache Sie fertig, ergänze ich im Geiste.

Vor meinem inneren Auge erscheint die Schlagzeile der morgigen Ausgabe der Bild-Zeitung:

Miese Abzocke! Unbescholtener Redakteur von geldgeilem Taxifahrer stundenlang spazieren gefahren!

Er wuchtet sich aus dem Wagen und strebt zum Eingangsportal. Ich schaue ihm hinterher. Einschüchterung in Perfektion, Person und Gebäude.

Ich würde ihm gerne etwas Beleidigendes hinterher rufen, ihm einen Stinkefinger zeigen, irgendwas.

Leg dich niemals mit der Bild-Zeitung an, sagt eine warnende Stimme in meinem Kopf. Denn wer die Bild-Zeitung gegen sich hat, kann einpacken.

Er hat meine Konzessionsnummer und meine Unterschrift, also meinen Namen.

Reiße ich mich jetzt nicht zusammen, kann ich auch gleich nach Hause fahren, meine Koffer packen und mich ins Ausland absetzen.

Deswegen mache ich nichts. Ich fühle mich wie gelähmt. Wohin jetzt mit meiner Wut? Tief durchatmen, drei Mal! Der Effekt ist bescheiden. Ich fahre durch die Stadt und schreie bei geschlossenen Fenstern so lange und so laut wie ich kann:

Aaaaarschlooooch!!

Ah, das befreit, das tut gut! Und jetzt heißt es: Nach

vorne schauen und weiter arbeiten. Von dem lasse ich mich nicht fertig machen.

Liebe Herrschaften von der Bild-Zeitung!

Dieser Text ist selbstverständlich frei erfunden! Verklagen hat keinen Sinn! (Künstlerische Freiheit, Sie wissen ja was ich meine.)

Werter Leser!

Alles erfunden? Bild Dir Deine Meinung!

DAS LEBEN IST EIN SPIEL

Es ist Mittagszeit. Die Berliner Taxen stehen jetzt an den Halten in der ganzen Stadt, vor den Hotels, an den Flughäfen und am Hauptbahnhof. Um die Mittagszeit geht nicht viel im Taxigewerbe, man freut sich über jeden Auftrag.

Ich werde von der Knaackhalte zu einem Internetcafé in Prenzlauer Berg gerufen. Innerhalb kürzester Zeit stehe ich vor der Tür. Das ist definitiv zu schnell für meinen Fahrgast. Er lässt mich warten. (Jeder Taxifahrer hasst es zu warten. Wer wartet, verdient nichts. Dabei wartet man in diesem Gewerbe die ganze Zeit, es gehört einfach zum Job, wie das Ei zum Huhn. Oder der Reiter zum Pferd.)

Steige aus, um nach meinem Fahrgast zu schauen, da kommt er mir entgegen. In der Hand einen aufgeklappten Laptop. Ohne ein Wort der Rechtfertigung oder auch nur einen Gruß steigt er zügig hinten ein, den laufenden Rechner legt er auf seinen Schoß.

«Wo soll's denn hingehen? Hat ja ganz schön gedauert!»

Auf diese kleine Stichelei geht er gar nicht erst ein.

«Wir fahren zuerst in die Falckensteinstraße nach Kreuzberg, dann in den Wedding und später noch zu Ikea. Was ist näher, Ikea Spandau oder Tempelhof?»

Sofort bin ich ruhig gestellt und versöhnt mit ihm. Das ist eine *fette Tour*, wie man im Berufsjargon sagt.

«Tempelhof», sage ich fairerweise.

Jetzt nicht gierig werden. Wir fahren los.

Er kramt in seinen Taschen, holt Tabak raus, lange Blättchen und einen Beutel Gras und fängt in aller Seelenruhe an, sich eine Tüte zu bauen.

«Das geht hier drin echt nicht», protestiere ich.

Auch darauf reagiert er nicht. Drehe mich zu ihm um. Er hat Knöpfe im Ohr, hört wahrscheinlich laute Musik und sonst gar nichts. Gefällt ihm mein Radioprogramm nicht? Der ist völlig in seiner Multimediawelt. Er ist noch sehr jung, vielleicht gerade mal achtzehn. Müsste der jetzt nicht in der Schule sein?

Er telefoniert mit einem Kumpel, dieser möge seinen Arsch runter bewegen, er wäre gleich da.

In der Falckensteinstraße angekommen, steigt er aus und zündet sofort den Joint an. Sein Kumpel braucht noch ein paar Minuten, dann kiffen die beiden erstmal ganz entspannt und quatschen. Dass die Uhr dabei läuft, scheint niemanden zu interessieren. Der hat die Kohle aber locker sitzen, denke ich mir. Der Kunde ist natürlich König, also nutze ich die Gelegenheit und drehe mir auch eine Zigarette. Natürlich ohne jegliche Zusatzstoffe. Natural American Spirit.

Ein Viertelstündchen zieht so ins Land. Mir soll's recht sein. (Taxifahrer hassen es zu warten, es sei denn, die Uhr läuft dabei. Dann können sie die entspanntesten Menschen der Welt und gute Gesprächspartner sein.)

Das Horn ist geraucht und die beiden wollen jetzt in den Wedding, also die bereits gefahrene Strecke komplett wieder zurück. Er hat seinen Freund in Kreuzberg abgeholt, das ist nett. Und teuer. Es scheint ihm egal zu sein.

Sein Kumpel ist genauso jung wie er. Ich werde Zeuge ihres Gesprächs.

«Ey, du bist so krank, Alter! Holst mich in Kreuzberg ab.»

«Ist doch scheißegal, ich muss in die Wohnung und dann zu Ikea, ich brauche ein Bett und einen Schrank und alles.»

Ab jetzt verstehe ich von ihrer Unterhaltung nur noch die Hälfte. Sie reden in einer Art Geheimcode. Worüber, um Himmels willen, unterhalten die sich? Fühle mich plötzlich alt.

Wir sind da, Pionierstraße im Wedding. Mein spendabler Fahrgast läuft los, um irgendwas aus seiner Wohnung zu holen. Erneutes Warten mit laufender Uhr. Ich nutze die Zeit und spreche seinen Kumpel an.

«Sag mal, worüber redet ihr da eigentlich die ganze Zeit?»

«Wir pokern im Internet.»

«Verstehe.»

Glatt gelogen, denn davon habe ich überhaupt keine Ahnung.

«Mein Kumpel macht einen Haufen Kohle damit. Der verdient ein paar tausend Euro im Monat.»

Jetzt bin ich baff. Das erklärt Einiges.

Der begnadete Zocker kommt zurück und es geht weiter. Letztes Ziel: Ikea Tempelhof. Ab jetzt bin ich ganz Ohr.

«Ich hab zu meiner Mutter gesagt, dass es für mich keinen großen Sinn macht, das Abi. Ich verdiene jetzt schon so viel, ob nun mit oder ohne Abi ist doch echt egal. Vielleicht mach ich es, vielleicht auch nicht.»

Sie reden über das Pro und Contra eines Schulabschlusses. Ich möchte mich einmischen und ihnen dringend empfehlen, das Abitur zu machen, sage aber nichts, denn irgendwie bin ich kein gelungenes Beispiel dafür, wie weit man es mit Abi schaffen kann.

Wir sind jetzt auf dem Ikea-Parkplatz angelangt.

Mein Pokerprofi überlegt noch, ob ich auf ihn warten soll, um ihn und die Wohnungseinrichtung später zurück in den Wedding zu bringen, entscheidet sich dann aber dagegen. Es wird wahrscheinlich nicht alles reinpassen. Er nimmt sich dann ein Großraumtaxi.

Damit ist die fette Tour für mich zu Ende. Schade. Sie hat ihn fünfzig Euro gekostet. Die gibt er mir, ohne mit der Wimper zu zucken.

Gleich, da drin in diesem Konsumtempel, wird er noch mal einige hundert Euro ausgeben, soviel ist sicher. Das alles verdient durch pokern?

Im Geiste gehe ich alle Jobs durch, die ich in meinem Leben schon gemacht habe. War da was Vergleichbares dabei? Irgendwie nicht. Es war alles zäh und schlecht bezahlt, mit Spielen hatte das nicht viel zu tun.

Ich stelle mich zu den Kollegen, die vor Ikea auf Fahrgäste warten. Auf Menschen, die mehr gekauft haben, als sie eigentlich wollten und ihren Einkauf nun doch nicht mit der S-Bahn transportieren können. Ich grübele vor mich hin, ob ich meine Zeit nicht besser nutzen kann, als hier nun schon wieder zu warten. *Entdecke die Möglichkeiten*, drängt sich ein Satz in meinen Kopf. Was Anderes machen...

Aber was? Ich habe das letzte Mal gepokert, als ich fünfzehn war. Hat Spaß gemacht damals, aber als Lebensinhalt kommt das wohl eher nicht in Frage. Verliert man da am Ende nicht doch immer? Hat man mir jedenfalls erzählt. Und wie lange kann man das machen? Für diese beiden ist das Leben ein Spiel. Aber die sind noch jung. Und später? Ist Taxifahren nicht auch ein Glücksspiel? Ja, das stimmt. Manchmal hat man Touren für fünfzig Euro und manchmal nur Pech. Manchmal geht es nach zwei Stunden Wartezeit am Hauptbahnhof für fünf Euro nach Mitte und das nächste Mal nach Potsdam. Reine Glücksache.

Ich merke, dass mich diese Begegnung zutiefst materiell verunsichert hat. Was mache ich jetzt damit? Erstmal gar nichts. Ich warte. Ob ich mir ein Hotdog hole?

Irgendwann kommt ein Pärchen und will mit mir fahren. Für die S-Bahn haben auch sie zu viel Zeug eingekauft. Wohl eine Viertelstunde probieren wir gemeinsam, die großen Pakete im Opel Zaphira unterzubringen. Trotz aller umgeklappten Sitzbänke klappt es einfach nicht. Sie nehmen ein Großraumtaxi. Völlig sinnlose Zeitverschwendung. Ich gehe mir ein Hotdog holen.

Schließlich komme ich doch noch weg mit einer Frau und weniger Ikea. Sie will in den Wedding. Wir fahren auf die Stadtautobahn, inzwischen ist Hauptverkehrszeit. Alles verstopft, Stop and Go. (Das hassen Taxifahrer noch mehr als Warten. Wenn man wirklich im Stau steht, springt nach einer Minute die Uhr an, bei Stop and Go verdient man nichts.)

Es dauert ewig bis zu ihr in den Wedding. Zehn Euro kostet sie die Tour, davon bleiben knapp vier für mich. Ich habe jetzt richtig Stress, den Wagen pünktlich um achtzehn Uhr der Nachtschicht zu übergeben. Ich rase über Nebenstrecken durch die Stadt. Ein Taxifahrer kennt seine Schleichwege.

Hundert Euro sind insgesamt auf dem Taxameter für den ganzen Tag. Das heißt, mir bleiben achtunddreißig

Euro netto. Mit Trinkgeld etwa fünfzig. Für zehn Stunden Arbeit. Ich weigere mich, dafür den Stundenlohn auszurechnen, gerade weil es so eine einfache und brutale Rechnung ist.

Ich überlege kurz, in das Internetcafé von vorhin zu gehen und ein bisschen zu pokern. Das kann doch nicht so schwer sein. Vielleicht mache ich ja fünfhundert Euro draus? Oder gar nichts?

Da kommt mir plötzlich eine Geschäftsidee: Ich werde ein Buch schreiben! Ein Berlin-Buch über das Taxifahren. Damit löse ich all meine finanziellen Probleme, denn ich suche mir finanzkräftige Sponsoren und bringe ihre Marken elegant in meinen Texten unter. Genial!

Wer das ist, wird natürlich nicht verraten. Das ist geheim, schließlich ist es meine ureigene Geschäftsidee. (Nur so viel sei verraten: Der eine Sponsor ist ein großes Möbelhaus, der andere ein Hersteller von naturbelassenen Rauchwaren. Sie werden in diesem Text erwähnt.)

Mal schauen, ob das was wird. Sonst fahr' ich eben weiter Taxi.

DAS PFAND UND DIE FLASCHE

Ein Funkauftrag bringt mich in die Stralauer Allee, Friedrichshain.

Eine ziemlich abgemagerte Frau um die vierzig steigt ein.

«Fahr' mich bitte zum Kotti!»

Das Kotti ist das Kottbusser Tor in Kreuzberg, ein Ort, den wohl jeder Berliner kennt. Einer der gefährlichsten Plätze der Stadt, berüchtigt wegen seines Verkehrs. Es ist ganz und gar unklar, wie man in diesem zweispurigen Kreisverkehr korrekt fährt und in die angrenzenden Straßen einbiegt. Nicht minder berüchtigt ist das Kotti wegen seiner aktiven Drogenszene. Oben und unten in den Katakomben der U-Bahn wird rund um die Uhr mit Heroin gedealt. Lebendige Leichen verscheuern Rohypnol und gestrecktes weißes Pulver an andere Leichen.

Mein weiblicher Fahrgast wird doch mit denen nichts zu tun haben? Nein, die können sich doch gar kein Taxi leisten, versuche ich mich zu beruhigen. Junkies fahren kein Taxi. Oder doch? Rein optisch erinnert sie mich schon etwas an diese ausgezehrten Gestalten, die man schon von Weitem erkennt, weil sie die Einzigen sind, die in der U-Bahn rauchen.

Vor Kaisers am Kottbusser Tor bittet sie mich zu warten. Sie sei in drei Minuten wieder da, ich solle das Taxameter ruhig laufen lassen. Ich sehe nicht, wohin sie verschwindet und hoffe, dass sie nur schnell bei Kaisers Brot und Milch kaufen geht. Und dass sie überhaupt noch mal wiederkommt. Sie hat kein Pfand dagelassen.

Ich stehe echt beschissen hier, mitten auf dem Fahr-radstreifen. Kein Wunder, dass die Leute sich über uns Taxifahrer aufregen.

Sie hat sich rangehalten und steigt nach vielleicht fünf Minuten – ohne eine Plastiktüte von Kaisers – wieder ein.

«Jetzt bitte zurück in die Stralauer Allee. Ich hole nur kurz meinen Koffer, dann geht's noch weiter zum Ost-bahnhof.»

Ist ja doch noch eine ganz gute Tour geworden. Ich fra-ge sie, wo sie denn hinfahren will vom Ostbahnhof aus.

«Nach Heidelberg, Freunde besuchen.»

«Ach, das ist ja schön!»

Während ich mich für sie freue, packt sie hinten in al-ler Seelenruhe aus, was sie erbeutet hat: Ich sehe weißes Pulver in Aluminiumfolie. Das ist mit Sicherheit kein *Kaiser-Natron*. Aber sie sieht doch gar nicht aus wie ein Junkie, versuche ich mir einzureden. Sie spricht klar und deutlich, ihre Augen sind nicht glasig oder leer, sie wirkt konzentriert und ruhig. Was ist hier los?

Wir sind wieder zurück in der Stralauer Allee.

«Warte hier, bitte. Lass' die Uhr ruhig laufen. Ich bin in spätestens fünf Minuten zurück und dann geht's schnell zum Ostbahnhof, ich muss meinen Zug kriegen. Hier, ich lasse dir meine Gürteltasche als Pfand da.»

Schwungvoll steigt sie aus und verschwindet in einem Hauseingang.

Ich bin beeindruckt, wie aktiv diese Frau trotz ihrer Sucht ist. Verreisen und Freunde besuchen. Nehmt euch ein Beispiel an dieser Powerfrau, Junkie-Pack vom Kottbusser Tor! Grundehrlich ist die, lässt mir sogar ein

Pfand da, obwohl das doch gar nicht nötig gewesen wäre.

Nach ungefähr einer Viertelstunde des Wartens wird selbst der naivste Taxi-Neuling unruhig. Wo bleibt sie denn bloß? Ich schaue in den Auftrag. *Neumann* heißt sie. Ich steige aus und laufe zu dem Haus, in das sie vorhin entschwunden ist.

Der Name steht auf keinem der Klingelschilder. Das muss nichts heißen, vielleicht wohnt sie ja mit jemandem zusammen. Und wenn sie nun doch nicht wiederkommt? Aber noch will ich es nicht wahrhaben. Sie hat mir doch ein Pfand dagelassen! Gehe zurück zum Wagen und nehme die Gürteltasche in die Hand. Ziemlich leicht. Darf ich hineinschauen? Ich ringe mit mir. Die Uhr läuft und läuft. Na gut.

Die Tasche ist voller gebrauchter Einzelfahrscheine von der BVG. (*Berliner Verkehrsbetriebe, eher unbeliebt – Anm. der Red.*) Sonst nichts. Wühle die Gürteltasche von vorne bis hinten durch. Ungläubig starre ich die Fahrscheine an, als ob sie sich in Geldscheine verwandeln könnten. Vielleicht ist ja noch einer gültig? Immerhin hat sie für die U-Bahn bezahlt, irgendwann mal. Aber mit einer naiven, vertrauensseligen Flasche wie mir kommt man natürlich schneller, bequemer und vor allen Dingen umsonst zum Kotti. Und auch wieder zurück. Zurück zum nächsten Schuss. Never trust a junkie!

Die hat mich komplett verarscht. Nix Heidelberg, die ist jetzt schon im Nirwana. Fetzen eines Songs der Band Steppenwolf gehen mir durch den Kopf:
God damn the pusherman.

Ende des Monats bei der Abrechnung erzähle ich meinem Chef die Geschichte. Ich muss ihm ja erklären, warum ich weniger Bargeld abgebe.

Er zieht eine Schublade seines Schreibtisches auf. Darin befinden sich Unmengen an Taschenmessern, Gürteltaschen, Portemonnaies, Bankkarten, Handys. Sogar Personalausweise sind dabei.

«Hier, alles Pfand!»

Ich muss wohl noch viel lernen.

PROMINENZ

Als Taxifahrer hat man immer mal wieder Prominente im Wagen, das ist in Berlin wegen der hohen Dichte an Stars und Sternchen ganz normal. Manche Prominente hat man auch mehrmals im Taxi.

Thomas Hermanns habe ich insgesamt dreimal transportiert. Über ihn sage ich nur ein Wort: unsympathisch. Na gut, zwei: knauserig. Nachdem ich ihn das dritte Mal chauffiert hatte, gab er mir ganze zwanzig Cent Trinkgeld. Hatte er mich wiedererkannt? Keineswegs. Wer interessiert sich schon für den Kutscher?

Jana Pallaske hatte ich zweimal im Wagen. Auch sie erkannte mich nicht wieder. Na, macht ja nichts. Ich kann das schon verstehen, man hat ja als Schauspielerin wirklich genug mit sich selbst zu tun.

Karoline Herfurth änderte während der Fahrt zweimal das Ziel und hatte die ganze Zeit das Handy am Ohr. Ich musste intime Details erfahren, die ich gar nicht wissen wollte. Ob sie sich für die Rolle rasieren müsse oder nicht, war die Frage. Ja, so ist das: Wir Taxifahrer hören die ganze Zeit zu, geht ja gar nicht anders. Es sei denn, wir sind des Deutschen nicht mächtig.

Manche Berühmtheiten sind sehr nett. Ich erinnere mich an die Fahrt mit Ulrich Wickert. Ich fuhr ihn zum Museum für Kommunikation, wo er einen Vortrag halten wollte. Wir plauderten völlig mühelos. Ich erlaubte mir die Frage, ob er eigentlich nervös sei vor seinem Vortrag. Ich erinnere mich noch genau an seine Antwort:

«Wissen Sie, wenn man so viele Pannen erlebt hat wie

ich über die Jahre bei den Tagesthemen, dann ist man nicht mehr nervös.»

So ein netter und sympathischer Mann. Den möchte man sofort mit Ulli ansprechen.

Und dann erst Alfred Biolek, mit ihm redete ich während einer langen Fahrt über Gott und die Welt. Er ist genau so wie im Fernsehen, sehr nett und offen, ohne jegliche Allüren. So jemanden wünscht man sich als Fahrgast. Hat man selten genug im Taxi.

Habe ich jemand vergessen? Bestimmt, denn manche erkennt man auch gar nicht. Das sind dann wohl eher die B-Promis.

Den Protagonisten der nun folgenden Geschichte erkannte ich mühelos, die Taxifahrt mit ihm hat sich in mein Gedächtnis eingebrannt.

Jemand bestellt ein Taxi für sofort. Ich sehe einen Namen auf dem Display: *von Hirschhausen*. Das könnte er sein, der Fernsehdoktor, so viele mit diesem Namen wird es ja wohl nicht geben. Innerhalb kürzester Zeit stehe ich vor einer Haustür in Prenzlauer Berg und drücke auf die entsprechende Klingel. Es dauert, bis jemand an die Sprechanlage kommt.

«Bin sofort da!»

Ich habe jetzt reichlich Zeit, mir die Beine zu vertreten, denn der gute Mann braucht bestimmt noch zehn Minuten. *Sofort* ist ein dehnbarer Begriff. Endlich kommt er mit einem Samsonitekoffer die Treppen runtergehastet. Es ist tatsächlich Eckart von Hirschhausen.

Ich erinnere mich: Mit ihm habe ich mal auf derselben Bühne gestanden, in der Scheinbar war das. Die Scheinbar in Schöneberg betreibt eine Open Stage und bezeichnet sich selbst als kleinstes Varietétheater Berlins. Künstler unterschiedlicher Genres können dort auf der offenen Bühne ihre Ergüsse vor einem wohlwollenden Publikum ausprobieren. Die Gage besteht aus Freigetränken nach der Show. War jedenfalls damals so. Es muss im Jahr 1998 gewesen sein. Eckart von Hirschhausen war zu der Zeit noch eher unbekannt. Er war brillant an diesem Abend, sehr souverän und witzig. Ich war zusammen mit einem Freund auf der Bühne. Wir spielten das Märchen Hans im Glück, vermeintlich lustig als Clowns interpretiert. Zugegebenermaßen war es ziemlich grottig, was wir dem Publikum damals präsentiert haben. Ich spielte den Goldklumpen, eingehüllt in eine goldene Rettungsdecke. Es durfte ja nichts kosten. Dafür waren wir nachher die letzten am Tresen, bis die Scheinbar befand, wir hätten jetzt genug Gage gehabt. Die Leber wächst ja mit ihren Aufgaben.

Herr von Hirschhausen hievt den Hartschalenkoffer selbsttätig in den geöffneten Kofferraum und schmeißt sich auf die Rückbank. Er hat keine Zeit zu verschenken:

«So schnell wie möglich nach Tegel, zum Flughafen!»

«Wie lange haben wir dafür?», frage ich ihn.

«Ich muss in einer knappen halben Stunde da sein, besser in zwanzig Minuten!»

Das sind mir die liebsten Kunden, die den Fahrer unbezahlt eine gefühlte Ewigkeit warten lassen, weil der Koffer noch nicht fertig gepackt ist und es dann extrem eilig haben. Das kann dich als Taxifahrer fertig machen, da hast du den puren Stress im Nacken. Die reden dir rein beim Fahren, treiben dich zum Rasen an und animieren dich, gegen sämtliche Verkehrsregeln zu verstoßen. Hauptsache der Flieger wird erreicht oder der Zug am Hauptbahnhof. Ich sage es jetzt einmal ganz deutlich: *Früher starten* muss das Motto heißen! Was können wir Chauffeure für Euer beschissenes Zeit-Management?

Ich versuche, Herrn von Hirschhausen die Sachlage klarzumachen:

»Es ist Hauptverkehrszeit, das schaffen wir nicht!»

Das lässt er nicht gelten. Die Rushhour soll doch bitte Rücksicht nehmen auf den adeligen Herrn.

«Doch, müssen wir aber! Geben Sie Gas!»

Eckart von Hirschhausen muss seinen Flieger nach Köln erwischen. Ich gebe mir alle Mühe, ihn schnell und trotzdem sicher zum Flughafen zu bringen, aber wir sind halt nicht allein unterwegs. Wir diskutieren über den besten Weg. Ich fahre über Nebenstrecken, versuche große Straßen und solche mit vielen Ampeln zu vermeiden. Kurz vor dem Ziel stehen wir dann doch auf dem Saatwinkler Damm im Stau. Ich wusste es schon vorher, hier ist es um diese Uhrzeit immer voll. Aber bedingt durch einen Unfall auf der Stadtautobahn ist der Saatwinkler Damm heute extrem überfüllt. Stop and Go. Eckart, ich fürchte, du hast Pech gehabt!

Dieser rotiert jetzt hinten und telefoniert, sein Laptop liegt aufgeklappt neben ihm. Er versucht wahrscheinlich umzubuchen. Irgendwann entspannt er sich. Es bringt nichts, sich aufzuregen, denn der Verkehr kriecht vorwärts wie eine betäubte Schnecke.

Ob ich ihn jetzt auf die alten Zeiten anspreche? Ich fürchte, so richtig offen könnte er im Augenblick nicht dafür sein und halte meinen Mund.

Nach quälend langsamer Fahrt durch den völlig verstopften Flughafen Tegel erreichen wir schließlich Terminal A und er springt aus dem Taxi.

«Moment bitte!»

Eckart verschwindet im Gebäude, sein Laptop liegt noch offen auf der Rückbank, der Koffer im Kofferraum. Der lässt mich glatt noch einmal warten. Der Fahrtstress fällt von mir ab, dafür werde ich jetzt sauer. Auch diese zweite Wartezeit bringt mir gar nichts, denn das Taxameter ist selbstverständlich schon aus. Umbuchen oder diskutieren am Check-in kann dauern. Schließlich kommt er und drückt mir einen Fünfer in die Hand.

«Der ist erstmal für Sie!»

Sofort bin ich wieder versöhnt mit ihm. Das ist mein Mittagessen. Eckart von Hirschhausen schnappt seine Sachen und hetzt ins Flughafengebäude.

«Warte doch mal, Ecki! Weißt du noch, wie wir uns damals zugeprostet haben nach der Show?», denke ich und sage nichts.

Es stimmt auch nicht, wir haben kein Bier zusammen getrunken in der Scheinbar. Er kann sich natürlich überhaupt nicht an mich erinnern.

Ich weiß nicht, ob er Glück hatte an diesem Tag und ob er seinen Flieger noch erreicht hat und wo er dann überhaupt hin wollte in Köln. War er zu Gast bei Stefan Raab, mit irgendeinem brillanten Wortbeitrag über Gesundheit und wie der Stress uns krank macht?

Ich mache es jetzt wie Hans im Glück, der einen Goldklumpen besitzt und ihn gegen immer wertlosere Dinge eintauscht. Ich tausche seinen Fünfer an der Flughafentankstelle gegen ein ungesundes Mittagessen ein. Der Magen wächst ja ebenfalls mit seinen Aufgaben.

Hey Ecki!

Ist es okay, wenn ich dich Ecki nenne? Ich hoffe doch

sehr, dass du nicht sauer auf mich bist wegen der Geschichte. Du bist doch ganz gut weggekommen. Wenn du dich trotzdem falsch behandelt oder beleidigt fühlst, dann verklag mich ruhig! Lieber du als der blöde Thomas Hermanns.

Dann komme ich in die Schlagzeilen und mein Buch geht weg wie warme Semmeln. Vor Gericht nehme ich dann meine Beleidigungen zurück und gebe dir Summe X von den Tantiemen meines Werks.

Ich nehme zurück, dass ich dich in meinem Buch einen arroganten, bornierten Schnösel ohne jeglichen Humor genannt habe.

Und dann trinken wir endlich ein Bier zusammen.

DER EIERBARON

Vier Personen steigen in der Steinstraße in mein Taxi. Ein älterer Herr im grauen Anzug setzt sich vorne zu mir, drei rausgeputzte, wohlriechende Damen nach hinten. Das Trio plaudert munter auf Spanisch, während er in reinstem Hochdeutsch das Fahrtziel nennt. Sie möchten gerne in ein teures Restaurant, ebenfalls in Mitte, aber vorher noch ein bisschen was von der Stadt sehen. Ich scheine Glück zu haben, denn solche Stadtrundfahrten sind oft lukrativ und wenn man es gut macht und viel erzählt, stimmt auch das Trinkgeld.

Die spanischsprachige Lady hinter mir möchte die Prachtstraße Unter den Linden sehen. Es stellt sich heraus, dass sie seine Frau ist. In fließendem Spanisch unterhält er sich mit ihr, wenn auch mit einem unüberhörbaren deutschen Akzent.

Ist die Dame nicht ein bisschen jung für ihn?, drängt es sich meinem Geist auf. Wie alt mag sie sein? Keine vierzig, würde ich schätzen. Und er? Bestimmt schon Mitte siebzig. Sie ist eine mandeläugige Schönheit und er ein steifer Herr ohne jegliches Charisma. *Die hat den nur wegen seines Geldes geheiratet*, schnellt mein Geist erneut voran. Überprüfen lässt sich das allerdings nicht.

Hinten in der Mitte sitzt die gemeinsame Tochter der beiden, sie ist vielleicht zwölf und neben dieser die Schwester der Ehefrau. Die Kleine wird also flankiert von Mutter und Tante. Die drei Damen unterhalten sich ausschließlich auf Spanisch miteinander. Und leise reden sie, also völlig ungewöhnlich für Spanier. Die wollen gar nicht, dass er was versteht. Der alte Herr redet mit seiner Frau und mir, er spricht Tochter und Schwägerin auf der Fahrt kein einziges Mal an und diese reden auch nicht mit ihm. Eine lockere, ungezwungene Atmosphäre im Taxi sieht anders aus. Aber ich werde ja nicht fürs Wohlfühlen bezahlt, sondern fürs Chauffieren. Und das beherrsche ich! Auskunftsfreudig und eloquent geleite ich die Herrschaften durch die ihnen offensichtlich fremde Stadt. Er fragt mir Löcher in den Bauch, er will quasi von jedem Gebäude wissen, wann es gebaut wurde und welchen Zwecken es diente. Ich bemühe mich und rede mir den Mund fusselig, erlaube mir zu improvisieren, wenn ich mal eine Wissenslücke habe.

Er erzählt mir, dass er im Ruhestand sei und mehrere Häuser auf der ganzen Welt besitze. Ich wusste es doch, dieser Mann hat Geld. Und das lässt er mich auch spüren. Er möchte mich neidisch machen. Das habe ich schon oft erlebt: Insbesondere die emotional verarmten Zeitgenossen prahlen gerne mit ihrem dicken Geldbeutel. Oder mit ihrer Macht. Wie hat er bloß dieses Vermögen angehäuft?

Die Frage klärt sich im weiteren Verlauf der gemeinsamen Fahrt. Wir quälen uns gerade die überfüllte Friedrichstraße runter, soeben habe ich meinen kleinen Vortrag über den *Tränenpalast* beendet, als er vermeldet:

«Man nannte mich den Eierbaron von Niedersachsen.»

Diesem Satz folgt ein langes Schweigen. Eierbaron von Niedersachsen? Sollte da bei mir etwas klingeln? Er schaut mich jedenfalls so an, als ob ich ihn kennen müsste.

Vor meinem geistigen Auge tauchen Bilder auf: Eingepferchte Hennen in engen Käfigen ohne Tageslicht und frische Luft, ernährt mit Fischmehl und Nährstofflösungen voller Antibiotika. Elende Tiere, die niemals in ihrem kurzen Leben auch nur einen einzigen Sonnenstrahl sehen oder scharrend nach Körnern picken werden. So hat dieser ernste Niedersachse mit dem Temperament einer gepflegten Familiengruft also seine Millionen gemacht. Denn Millionen sollten es doch schon sein mit diesem Spitznamen. Der Eierbaron von Niedersachsen, in meinem Taxi! Andererseits, wer kennt den schon außerhalb der Geflügel-Industrie? Jetzt ist er mir endgültig unsympathisch.

Inzwischen sind wir Unter den Linden angekommen. Seine schöne und viel zu junge Ehefrau möchte jetzt gerne aussteigen und dann laufen.

Es sind gerade mal neun Euro achtzig auf dem Taxameter. Das war aber eine kurze Stadtrundfahrt, ärgere ich mich leise. Nun ja, dann wird aber wenigstens ein ordentliches Trinkgeld drin sein für meine verbalen Bemühungen. Doch ich habe die Rechnung ohne den Herrn Baron gemacht. Er lässt sich eine Quittung über zehn Euro schreiben. Zwanzig Cent Trinkgeld! Mir schwillt der Hahnenkamm. Und eine Quittung für eine hundertprozentige Privatfahrt. Das sind mir die Richtigen!

Ich sehe aber keine Möglichkeit, seine unglaubliche Kniepigkeit zu meinen Gunsten zu beeinflussen. Um Trinkgeld wird nicht gebettelt, ein ungeschriebenes Gesetz meines Gewerbes. Ein bisschen Stolz habe ich auch. Offensichtlich waren ihm meine Bemühungen nichts wert. Pech gehabt, ich habe Onkel Dagobert transportiert.

Der Eierbaron und seine Hennen steigen aus und verschwinden im Getümmel des Boulevards. So also scheffelt man Millionen: Spare am Trinkgeld überall dort, wo du kannst.

Ich sage es an dieser Stelle einmal laut und deutlich:

Wir Taxifahrer leben vom Trinkgeld, also seid gefälligst großzügig!

Ich bin mir sicher, dass ich in diesem Augenblick zum Revoluzzer geworden bin. Mein Motto: Befreit die Hennen, Tod den kapitalistischen Gockeln!

Ich bin so sauer, dass ich beschließe, meine revolutionären Gedanken sofort in die Tat umzusetzen: Ich fahre nach Kreuzberg in die Skalitzer Straße und halte bei meinem Lieblingsgrill. Ich will so viele Hähne wie möglich brennen sehen! Und jetzt das geröstete Fleisch noch aus der Nähe! Ja, schneidet ihn in der Mitte entzwei, das hat er verdient! Und jetzt mache ich ihn fertig!

Mit Pommes bitte.

NACHT

KNUTSCHTAXE

Fünf transportwillige Personen bestellen mein Arbeitsgerät und mich in den Victoria-Kiez nach Lichtenberg.

Die Herrschaften lassen mich warten. Nach vielleicht zehn Minuten kommt als erstes ein Pärchen eng umschlungen aus der Haustür geschlendert.

«Moin. Hat ja ganz schön gedauert», beginne ich den Reigen.

Sie erblicken den Wagen.

«Oh, können wir nach ganz hinten?», fragt er.

«Ihr müsst euch nicht hinten reinquetschen, ist ganz schön eng. Noch habt ihr die freie Wahl.»

«Wir wollen uns aber reinquetschen und je enger, desto besser. Wir wollen ein bisschen rummachen», sagt sie.

Aha! Ich klappe ihnen die beiden Sperrsitze raus. Was bin ich doch für ein verständnisvoller Kutscher. Service wird bei mir großgeschrieben.

Ihr Handy klingelt. Er raunt mir ins Ohr:

«Das ist jetzt bestimmt ihr Mann!»

Wie jetzt? Haben die sich gerade erst näher kennengelernt, oder wie meint er das?

Sie beendet das Telefonat. Es scheint sie nicht sonderlich irritiert zu haben, denn jetzt zwängen die beiden sich ganz hinten in den Zaphira und fangen sofort an, ihren Plan in die Tat umzusetzen. Ich überlege. Sie konnte ihren Mann also offensichtlich mit einer kleinen Notlüge ruhigstellen:

«Schatz, hat doch länger gedauert im Büro. Puh, war

das anstrengend heute! Wir lassen den Tag jetzt noch bei einem Getränk in Kreuzberg ausklingen. Mach Dir keine Sorgen. Gib Johanna und Ole einen dicken Kuss von mir. Ja, ich dich auch. Bis später.»

Schon legt sie auf und knutscht mit dem Anderen rum. Ist das vielleicht ein Arbeitskollege? Soll ja vorkommen. Ich beschließe, nicht moralisch darüber zu urteilen. Würde ich jetzt auch gerne machen, ein bisschen rumknutschen. Besser als Taxifahren ist das allemal.

Nach und nach kommen auch die restlichen drei Fahrgäste, ganz ohne jegliche Hast. Sie verteilen sich auf das Auto. Zwei Männer, am Akzent sofort als Österreicher zu erkennen, setzen sich auf die Rückbank. Vorne zu mir setzt sich Sandra. (Der Name stimmt, sie hat erlaubt, dass ich sie namentlich erwähne in meinem Buch.)

Sie ist ganz hübsch, ein blondes Mädel vielleicht Mitte zwanzig. Ziemlich angetrunken, so wie der Rest der Bande. Die kommen ganz offensichtlich von einer Firmenfeier. Der Österreicher, der hinter mir sitzt, ist Sandras Chef.

Los geht's zum Festsaal Kreuzberg. Alle reden durcheinander, bis auf die beiden ganz hinten, die lieber knutschen. Die beiden Österreicher sind sehr witzig. Ich lasse mich von ihrem Humor anstecken und gebe meinen Senf ungefragt zu allen angeschnittenen Themen dazu. Ich bin ja immer für ein lockeres, ungezwungenes Gespräch zu begeistern und habe schon auf so mancher Tour mit witzigen Leuten richtig Spaß gehabt. Die hier reden einen krassen Quatsch zusammen, der Alkohol hat ihre Zungen gelöst. Ich amüsiere mich prächtig. Jetzt ein Aufnahmegerät dabeihaben! Sandra ist auch sehr gesprächig. Wir diskutieren über den kürzesten und besten Weg zum Festsaal Kreuzberg. Ich finde es ja immer klasse, wenn angetrunkene Weiber sich besser auskennen als der nüchterne Taxi-Profi.

Hinten im Wagen knutschen sie und fummeln vielleicht auch, wer weiß das schon so genau. Das interessiert mich auch gar nicht, geht mich überhaupt nichts an. Leben und leben lassen. Diskretion ist bei mir selbstverständlich, gehört zum Service. Ist auch echt nicht genau auszumachen im Rückspiegel.

Die Österreicher sind genervt davon.

«Mann, ist das Geknutsche langweilig», sagt Sandras Chef in diesem exquisiten Dialekt, der unseren Nachbarn aus den Alpen zu eigen ist.

«Knutscht doch selber!», tönt es von ganz hinten.

«Okay, machen wir. Ihr macht einfach weiter und ich knutsche mit ihm.»

Er meint seinen Sitznachbarn.

«Das traut ihr euch ja doch nicht!», sagt das geile Pärchen von den Sperrsitzen.

«Ich knutsche jetzt mit ihm, aber nur, wenn Sandra mit dem Taxifahrer knutscht», sagt der Chef.

Oh la la. Wir sind zu sechst. Nachtigall, ick hör dir trapsen. Sandra will sehen, ob die Männer sich das trauen:

«Das macht ihr nie!»

Na, sei dir nicht so sicher, Sandra. Das sind Österreicher, vergiss das nicht!

Die Männer drehen sich kurz entschlossen zueinander hin und küssen sich auf den Mund. Eins zu null für Österreich. Die haben echt nur Quatsch im Kopf. Und sie wollen wissen, ob Sandra sich traut mit dem wildfremden Taxifahrer. Die pure Lust am Spielen. Sandra versucht, sich rauszureden und Zeit zu gewinnen:

«Das war ja überhaupt nicht mit Zunge!»

«War wohl mit Zunge. Jetzt du!», drängt der Chef.

Ich trau' es diesen Jungs hier auf jeden Fall zu, die sind enthemmt genug dafür.

Für mich wird es jetzt langsam Zeit, mir Gedanken zu machen. Knutsche ich jetzt mit Sandra oder was? Wer hat hier überhaupt die Spielregeln aufgestellt? Immer wird man eingespannt und benutzt in diesem Job! Ich überlege, ob ich dagegen aufbegehren soll, einen wildfremden Menschen zu küssen. Aber irgendwie bin ich jetzt an diesem Spiel beteiligt, ob ich will oder nicht. Verstohlen betrachte ich meine Spielpartnerin von der Seite. Auch sie schaut mich an. Wirklich gestresst wirkt sie nicht. Okay, ich spiele mit. Warum auch nicht? Das Leben ist so kurz. Aber der Kunde ist König. Ich überlasse es ihr, den ersten Schritt zu tun. Sie unternimmt nichts.

«Los Sandra! Da, 'ne lange Rotphase! Haut rein!», drängelt der Chef.

Sie lässt es grün werden. Wir sind fast da, eine letzte rote Ampel trennt uns noch von unserem Fahrtziel. Ihr Chef will es jetzt wissen:

«Los, wir machen eine Welle! Die hinten fangen an. Obwohl, sie sind ja schon dabei. Als nächstes wir Männer. Und dann der Taxifahrer und Sandra.»

Die Welle geht los. Die Männer küssen sich, ganz offensichtlich und unverblümt mit Zunge. Ich wusste es, diese Alpenbewohner!

Die Ampel ist immer noch rot. Jetzt sind Sandra und ich dran. Sie schaut mich an.

Sie beugt sich zu mir und will mich auf die Wange küssen. Aber nein, auf die Wange küssen gilt nicht in diesem deutsch-österreichischen Freundschaftsspiel. Es steht schließlich eins zu null für Eintracht Wien! Es gibt kein Zurück. Ich küsse sie auf den Mund. Da ist sie nicht abgeneigt, merke ich, also stecke ich ihr gleich noch die Zunge mit rein. Damit hat sie nicht gerechnet. Noch bevor ihre Zunge so richtig weiß, was sie tun soll, ist es grün und wir fahren die letzten Meter zum Club.

«Soll ich euch eine Quittung für die Tour geben?»
Alle lachen.
«Aber gern», sagt Sandras Chef, «schreib bitte *Knutschtaxe* drauf! Das gibt es noch nicht, das ist noch viel besser als *Quiztaxi*.»
Er gibt mir ein ordentliches Trinkgeld. Damit hat er nicht gerechnet, dass der Taxifahrer ein Unentschieden für Deutschland rausholt.
Sandra lächelt freundlich zum Abschied und steigt aus. So unangenehm kann ihr das nicht gewesen sein. Während die Fünf in Richtung Festsaal Kreuzberg laufen, legt der Chef einen Arm um sie. Wer weiß, wahrscheinlich sind die beiden sogar ein Paar. Die spinnen, die Österreicher!
Knutschtaxe, das ist nicht zu überbieten. Diese Nachtschicht ist gerettet.

DER SPECHT

Ich stehe an der Bundesallee in Wilmersdorf.

«Bitte die Bier-Akademie anfahren», heißt es auf dem Display.

Dann schauen wir doch mal, wer dort heute wie viel und wie intensiv studiert hat. Ich fahre los. Eine blonde Frau erwartet mich vor der Tür der Bier-Akademie. Ein Typ drückt ihr gerade etwas in die Hand und geht wieder rein zum Lernen. Meine Lady schwankt aufs Taxi zu, sie hat sich definitiv mit Hopfen und Malz auseinandergesetzt. Sie winkt mit einem Fünfziger und steigt hinten ein.

«Den verbrate ich jetzt! Ich will zum Specht!»

Nie gehört.

«Wo soll das denn sein?», frage ich sie.

«Das ist am Stuttgarter Platz. Kennen Sie den Laden denn nicht, den muss man doch kennen als Taxifahrer! Da kommen alle hin, Fußballer, Prominente, alles. Gibt's denn keine Taxifahrer mehr, die sich auskennen? Was machen Sie denn, wenn einer frühmorgens noch irgendwo hin will?»

Sie hat es verstanden, die Atmosphäre sofort zu vergiften. Ich kann schließlich nicht alles kennen und ein Specht gehört für mich in den Wald. Ich wollte auch noch nie Fußballer treffen, das interessiert mich wirklich gar nicht.

Nun gut, zum Stutti finde ich und sie wird dann wohl wissen, wo der Laden ist.

Der Stuttgarter Platz ist kein Platz, sondern eine lange Straße in Charlottenburg. Ich beginne am Anfang mit dem Suchen und schaue nach einem Schriftzug oder Bild mit dem kleinen Federvieh. Madame hinten sucht hoffentlich mit und wird dann schon stopp sagen. Sagt sie aber nicht und wir sind jetzt am Ende des Stuttgarter Platzes angelangt.

«Und wo ist jetzt dieser Laden?» frage ich.

«Wie, sind wir denn schon da?»

Sie hat überhaupt nicht danach geschaut. Ich soll mich gefälligst darum kümmern.

«Ich dachte, Sie suchen mit nach dem Specht.»

«Keine Ahnung wo der ist, das müssen Sie schon wissen. Ich bin total blind und sehe hier hinten auch nix, die Scheibe ist voll beschlagen.»

Da hat sie allerdings Recht. Es regnet in Strömen und alle Scheiben sind beschlagen. Scheiß Opel Zaphira.

Und jetzt? Die Zentrale fragen! Ich halte erstmal an. Früher ging das noch über den Sprachfunk, da haben die Kollegen mitgehört und irgendeiner kannte dann schon den Specht. Heutzutage ist das anders, der Taxifunk hat ausgedient. Ich kann nicht behaupten, dass ich das unsägliche Gebrabbel vermissen würde, aber jetzt wäre der Sprachfunk tatsächlich einmal praktisch. Mittlerweile drückt man auf ein kleines Mikrofon auf dem Display eines technischen Gerätes, über das man auch die Aufträge bekommt. Das tue ich jetzt. Und nun heißt es warten, bis ich auf meinem Handy von der Zentrale angerufen werde. Wenn viele Kollegen Probleme haben, kann das dauern. So wie jetzt. Sie wird ungeduldig.

«Was ist denn nun?»

.«Ich warte auf Rückruf.»

«Und ich soll das bezahlen? Mach' ich nicht!»

Zähneknirschend drücke ich auf den roten Knopf.

«Nun machen Sie doch irgendwas, das ist ja furchtbar! Lassen Sie mich raus, ich steige dann in ein Taxi zu einem Fahrer, der sich auskennt!»

Ich bekomme jetzt schlechte Laune. Checkt sie denn gar nicht, was ich hier für sie tue? Die geht mir echt auf den Zeiger.

«Nun fahren Sie doch endlich mal weiter!»

Sie zwingt mich dazu, den Stuttgarter Platz noch einmal in die andere Richtung abzusuchen. Ich vergesse, erneut auf den roten Knopf zu drücken und das Taxameter schaltet sich ab. Jetzt fahre ich sie also auch noch umsonst! Zu allem Überfluss habe ich vergessen, welche Summe auf der Uhr stand.

Endlich meldet sich die Zentrale. Der Specht versteckt sich in der Kaiser-Friedrich-Straße. Sie hat mir die falsche Adresse genannt. Ich wende und fahre wieder zurück. Spätestens jetzt ist meine Laune auf dem absoluten Nullpunkt. Schließlich entdecke ich den Laden. Drinnen wird renoviert, der Specht ist zu. Sie war wohl schon länger nicht mehr hier. Na bravo!

«Okay, dann fahren Sie mich zu irgendeiner anderen Kneipe. Aber ein Laden, wo man nicht gleich vergewaltigt wird!»

Sie lacht sich tot, als ob das der beste Witz ist, den sie je gemacht hat.

«Aber auch kein Schickimicki-Schuppen! Und dann kommen Sie mit rein und ich spendiere Ihnen eine Cola!»

Jetzt baggert sie mich also auch noch an. Ich denke angestrengt nach, denn ich will die Olle so schnell wie möglich loswerden. Ich erinnere mich an eine Kaschemme in der Kantstraße. Laterne heißt sie, glaube ich. Das ist so eine richtige Absturzkneipe. Ich hatte den Barmann mehrmals im Taxi, als ich noch Tagfahrer war. Um die Mittagszeit war das, nach seiner Schicht. Der Typ war jedes Mal rotzebesoffen. Man musste immer auf ihn warten und dann war er total unfreundlich. Ich finde, die beiden passen doch prima zusammen. Da fahr ich die jetzt hin, das ist ihre gerechte Strafe.

Die Kantstraße ist direkt um die Ecke und schon sind wir da. Wir rechnen ab. Ich schlage fünfzehn Euro vor. Sie gibt mir zwanzig und besteht darauf, dass ich dafür aber noch kurz mit reinkommen müsse. Ich versichere es ihr. Irgendwie werde ich schon rauskommen aus der Nummer. Sie steigt aus und ich begleite sie zum Eingang. Ganz der Gentleman, halte ich ihr die Tür auf. In der Laterne ist gar nichts los, zwei Männer am Tresen, die uns anstarren. Sie betritt den Laden ohne zu zögern. Ich murmele vor mich hin, dass ich das Taxi hier nicht in zweiter Reihe stehen lassen könne und flüchte. Jetzt schnell, denn wenn sie merkt, was das für ein Scheißladen ist, kommt sie mir hinterher und will womöglich noch woanders hin. Ich starte den Motor und gebe Gas. Geschafft!

Aber diese Tour hat Nerven gekostet. Spontan entscheide ich mich, in den Grunewald zu fahren. Mich packt das unbändige Verlangen, heute noch einen richtigen Specht zu sehen.

DER ALTE MANN UND DAS
MEER DER STRASSEN

Zwei Männer sitzen an einer Tram-Haltestelle mitten im Niemandsland zwischen Grünau und Köpenick. Sie winken mir. In dieser abgelegenen Ecke von Berlin sind in der Samstagnacht Transportmittel eine Rarität. Keine Tram weit und breit, meine Dienste sind somit erwünscht. Ich halte an. Die beiden sind rausgeputzt, tragen Anzug und Krawatte. Eine Festivität in dieser gottverlassenen Gegend? Hier ist doch nichts außer der Dahme, die dann bei der Altstadt Köpenick in die Spree mündet. Die beiden haben ordentlich getankt, das sehe ich mit dem Profiblick des Chauffeurs. Der Jüngere meiner beiden potentiellen Fahrgäste müht sich ab, dem Älteren beim Aufstehen von der Plastikbestuhlung zu helfen. Kaum hat er ihn hingestellt, da fällt der Alte einfach um und macht es sich auf dem Bürgersteig bequem. Das ist nicht besonders vertrauenserweckend und ich überlege kurz, einfach weiterzufahren. Ich hadere mit mir, denn vielleicht lasse ich mir auch eine lukrative Tour entgehen. Hoffentlich kotzt der mir nicht die Bude voll. Das ist eine der Urängste meiner Zunft, den sauren Geruch bekommt man nur schwer wieder raus und so manche Nachtschicht wurde aus diesem Grund schon vorzeitig abgebrochen. Ich steige aus.

«Danke, dass Sie angehalten haben», sagt der Jüngere, «er hat ein bisschen viel getrunken, ist aber ganz friedlich so weit.»

Das will ich auch hoffen. Gemeinsam helfen wir dem

Alten hoch und verfrachten ihn hinten in die Kutsche.

«Er will nach Mariendorf, ist also 'ne ordentliche Tour. Danke, dass Sie ihn mitnehmen und gute Fahrt!», sagt er und schließt die Tür.

Der Alte sieht ziemlich angeschlagen aus, hat sich beim Sturz aber offensichtlich nicht verletzt. Munter plappert er drauf los:

«Ich bin Jahrgang 'sechsunddreißig und hab ein bisschen was getrunken. Ich bin ein alter Mann, ich darf das ja wohl. Fahren Sie mich bitte zum Goldenen Horn!»

«Ah, in die Türkei. Super Tour!», versuche ich zu scherzen.

Insgeheim wartet natürlich jeder Taxichauffeur mal auf seine Traumtour.

Einmal nach Paris zum Eiffelturm bitte, Geld spielt keine Rolle.

«Nee, ist nur in Mariendorf», holt er mich auf den Boden der Tatsachen zurück.

Ich schaue auf den Stadtplan und versuche, mich zu orientieren. Das ist eine komplizierte Tour, vom tiefsten Südosten in den mittleren Westen. Das konnte ich bei der Taxischulung auch immer schon nicht.

Versuche den Taxifahrer-Trick bei ihm:

«Wie fahren wir denn da am besten?»

«Keine Ahnung, das müssen Sie schon wissen. Ich bin Jahrgang 'sechsunddreißig und Sie sind der Profi.»

«Ich bin Jahrgang 'siebzig und habe bis jetzt noch Jeden nach Hause bekommen», versuche ich ihn zu beruhigen.

Immer Sicherheit ausstrahlen, das ist eine goldene Taxifahrer-Regel. Gerade wenn man keinen Plan hat, muss man so tun als ob.

Hektisch studiere ich den Stadtplan. Wie ging das bloß noch mal? Der direkte Weg ist versperrt dank einer Dauerbaustelle an der S-Bahn-Unterführung Adlershof, so viel weiß ich mit Sicherheit. Können die denn nicht mal langsam fertig werden? Also irgendwie anders. Mir bricht jetzt der Schweiß aus. Selbst wenn ich mir die Strecke auf dem Stadtplan zusammenreime, kann ich sie mir auch merken?

Himmelherrgott, warum muss Berlin auch so groß sein, wäre es nicht ein bisschen kleiner gegangen? Immer noch brüte ich über dem ausgeklappten Falk-Plan. Ergebnis: Keinen Plan. Er wird jetzt ungeduldig.

«Fahren Sie doch endlich mal los, das klappt schon. Haben Sie denn keine Navigation?»

Gute Frage! Ehrlich gesagt bin ich bis jetzt zu geizig gewesen, um mir von den paar Kröten selbst ein Navi zu kaufen. Mein Taxiunternehmen bezahlt die nicht, denn schließlich wurden wir ja in Ortskenntnis geschult, nicht wahr?

«Nein, ich fahre ohne. Mit Navigation kann doch jeder, ein guter Taxifahrer hat das mal gelernt!», behaupte ich frech, weiterhin über den Stadtplan gebeugt.

«Na wunderbar», sagt er, «dann mal los, ich möchte nämlich gerne nach Hause.»

Na gut, wenn er unbedingt darauf besteht...

Wider besseren Wissens fahre ich einfach drauflos, die ungefähre Richtung grob anpeilend. Kurze Zeit später erreichen wir die besagte Baustelle.

«Das wäre Ihr kürzester Weg gewesen», tönt eine Stimme in meinem Kopf.

Ich entscheide mich für die Umfahrung in südlicher Richtung. Das wird ein hübscher Umweg. Das Konzentrieren fällt mir schwer, denn er quatscht mich die ganze Zeit voll. Klasse Weihnachtsfeier sei das gewesen, eine prima Party seiner Firma, für die er wirklich ewig gearbeitet hat. Alles echt nette Kollegen, leider ein bisschen wenig Weiber da. Ich sehe jetzt Autobahnschilder und habe die rettende Idee:

«Wir könnten doch ein Stück Autobahn nehmen?»

«Ja, machen Sie das mal.»

Fahre auf die Autobahn. Er schläft ein.

Wo wollte er hin? Habe das Fahrtziel vergessen. Gar nicht gut.

«Entschuldigung, wo wollten Sie noch mal genau hin?», wecke ich ihn wieder auf.

«Was? Zum Goldenen Horn, das ist gleich bei der Rixdorfer. Sie schaffen das schon», sagt er und schläft wieder ein.

Namen schwirren durch meinen Kopf. Goldenes Horn, Rixdorfer, Rüdersdorfer. Nichts als Rüdersdorfer Zement in meinem Kopf.

Wo fahre ich bloß wieder von dieser Autobahn runter? Jetzt noch mal bei Tempo achtzig auf den Stadtplan zu schauen, kommt nicht in Frage.

Die Ausfahrten zischen nur so an uns vorbei. Irgendeine muss ich nehmen, bloß welche? Die nächste Ausfahrt ist der Tempelhofer Damm. Und nach dem Tempelhofer Damm folgt in südlicher Richtung der Mariendorfer Damm, daran kann ich mich zum Glück wieder erinnern. Das klingt doch gut, da bin ich auf jeden Fall schon mal in Mariendorf. Ich setze den Blinker und wir verlassen die Stadtautobahn.

In der mündlichen Prüfung wäre ich mit so einer Route rausgeflogen und für drei Monate gesperrt worden.

Ein riesiger Bogen statt eines geraden Pfeils.

Auf dem Tempelhofer Damm nutze ich eine Parklücke und halte an. Noch schläft er. Jetzt schnell den Stadtplan rausholen und Mariendorf absuchen. Doch was ich vor mir sehe, ist nur ein Meer von Straßen.

Passanten beobachten die Szene. Der schlafende Fahrgast hinten und der Taxifahrer mit dem Stadtplan vorne. Sie lachen.

Das Goldene Horn, da ist es ja! Jetzt ist mir die Route klar, zu hundert Prozent.

Ich fädele mich wieder in den Verkehr ein. Wenig später wacht er auf.

«Ja, hier bin ich zu Hause! Ich wusste, dass Sie es schaffen!»

Ich nicht. Fahre nach dem Plan in meinem Kopf, schließlich erreichen wir das Goldene Horn und – ein Grünstreifen liegt zwischen uns und dem ersehnten Ziel. So wie es aussieht, kann man hier schon seit Jahren nicht mehr reinfahren. Darauf war ich nicht vorbereitet. Danke Falk-Plan, für deine Aktualität! Werde mich beizeiten mal bei denen beschweren. Gleich nachdem ich mir ein Navi gekauft habe.

«Hier darf man ja gar nicht durch!», protestiere ich.

«Nee, da müssen Sie anders fahren, so geht das nicht.»

«Und wie?»

Das weiß er auch nicht so genau. Ich dachte, er wohnt hier?

Ich wende erstmal und fahre wieder ein Stück zurück. Was für eine verpeilte Tour. Schließlich stoßen wir auf die Rixdorfer Straße, die hatte er doch erwähnt?

Er erkennt jetzt seine Heimat wieder und leitet mich

den Rest der Strecke. Gott sei Dank. Und hier ist es endlich, das Goldene Horn, Sie haben Ihr Ziel erreicht!

«Was bin ich Ihnen schuldig?», will er wissen, als wir vor seinem Haus stehen.

Die Stunde der Wahrheit.

«Fünfunddreißig Euro bitte», sage ich leise und schüchtern, wohl wissend, dass diese Tour, zielstrebig gefahren, wahrscheinlich eher fünfzehn gekostet hätte.

Er sagt dazu gar nichts, gibt mir zwei Zwanziger und bedankt sich. Er ist einfach nur glücklich, zu Hause zu sein. Auch ich bin glücklich, dass er zu Hause ist.

Er bittet mich noch, ihm beim Aussteigen zu helfen. Er ist sehr wacklig auf den Beinen, deswegen bringe ich ihn bis zur Haustür.

Er kramt nach seinem Schlüssel, schließt auf und taumelt ins Haus. Damit ist der Fall für mich erledigt.

Ach, wären doch alle Fahrgäste so dankbar und großzügig, so friedlich und unkompliziert! Ein Hauch von schlechtem Gewissen klopft leise an meine Tür.

Es dämmert mir, warum es im Berliner Fahrgast-Jargon diesen Spruch gibt:

«Fahren Sie mich bitte nach Charlottenburg. Aber nicht über Wannsee!»

Ich habe jetzt Schwierigkeiten, wieder aus Mariendorf heraus zu finden. Ich probiere es in Richtung Norden, immer dem Polarstern nach.

Ich verwerfe die Idee mit dem Navi. Was ich dringender brauche, ist ein Kompass.

LAURA

Mal wieder mit Schwung den Kurfürstendamm runter!

Ich liebe die Bus-Spur, die zu nutzen den Taxifahrern explizit erlaubt ist. Der Ku'damm ist eine der Straßen, wo alle wissen, dass man uns Droschkenkutscher per Handzeichen zum Anhalten zwingen kann. Taxen fahren dort zu jeder Tages- und Nachtzeit im Sekundentakt rauf und runter. Das Manhattan Berlins.

Fortuna ist mir hold in dieser Samstagnacht: Drei junge Mädels stehen am Straßenrand und winken meine Kutsche vor einem griechischen Restaurant in Halensee zu sich heran.

Eine Dunkelhaarige setzt sich vorne zu mir. Sie ist hübsch, hat ein Muttermal im Gesicht, was sie aber keineswegs entstellt.

Die drei Damen sind aufgedreht und ziemlich laut. Randvoll mit Ouzo. Typisch griechische Gastfreundschaft! Meine Beifahrerin nimmt das Gespräch in die Hand und redet ohne Punkt und Komma auf mich ein. Eine Fahne aus Knoblauch und Schnaps schlägt mir entgegen. Geruchsempfindlich darf man in diesem Job wirklich nicht sein. Ich erfahre, dass sie Laura heißt und in Spanien geboren wurde. Sie fährt offensichtlich auf mich ab:

«Hey, du bist cool! Du bist richtig cool! Schaut mal, was das für ein Süßer ist!»

Laura packt ihr Handy aus und macht Fotos von mir und den beiden Damen hinten. Die blonde Freundin hinter Laura ist ebenfalls sehr aktiv und baggert mich an, die Dritte im Bunde hat jedoch zuviel Ouzo gehabt. Ihr wird jetzt schlecht. Paralysiert sitzt sie hinter mir und ist den Rest der Fahrt sehr wortkarg. Ganz im Gegensatz zu Laura:

«Kann man dir nicht mal 'ne halbe Stunde Wartezeit bezahlen? Das kann doch nicht so teuer sein!»

Oh la la, die geht aber ran! Ihre blonde Freundin findet das auch gut und der flotte Dreier liegt kurzzeitig in der Luft. Die Blondine ist aber bald zu Hause und steigt aus. Laura und ich allein. Okay – fast allein, denn hinten sitzt ja noch jemand. Und die muss jetzt erstmal zu ihrem Wohnort verfrachtet werden. Ich peile eine Straße im Westend an. Gediegene Wohngegend. Die Lady mit dem gehobenen sozialen Background hat sich inzwischen auf die Rückbank gelegt. Laura macht ein Foto von ihr.

«Die stell' ich morgen bei studiVZ rein!»

Auch mich knipst sie noch mal und fragt:

«Kannst du mich nachher noch nach Kladow fahren? Aber ich hab nur noch fünf Euro. Machst du einen Sonderpreis für mich? Bitte!»

Ich überlege. Kladow liegt richtig weit draußen, das sind locker noch mal fünfzehn Euro von Westend.

Und wenn ich Laura für einen Fünfer nach Kladow fahre, was machen wir dann da genau? Im Taxi vögeln? Sicher kann ich mir nicht sein, aber die Aussicht klingt verlockend. Laura gefällt mir immer besser. Ein Quickie in Kladow an der Havel gegenüber vom Wannsee, rückt in greifbare Nähe. Nennen wir es beim Namen: Eine geile und betrunkene zwanzigjährige Studentin möchte gerne vom fast vierzigjährigen Taxifahrer vernascht werden. Und warum denn eigentlich auch nicht? Was hindert mich – mein christlich protestantischer Hintergrund? Der geschmälerte Verdienst einer Samstagnacht? Der Taxi-Profi in mir streitet mit dem Lustmolch.

Wir sind jetzt in Westend, hier ist die sedierte Freundin zuhause. Diese ist inzwischen hinter uns in den Fußraum gerutscht und liegt dort eingequetscht. Die lässt sich aber auch gehen! Laura steigt aus, öffnet die Tür hinten und schießt das letzte Foto des Tages.

«Wie bekommen wir die jetzt hier raus?», fragt sie mich.

Sie redet auf ihre Freundin ein und wuchtet sie irgendwie aus dem Auto. Ich schaue ihr dabei zu. Die hat aber auch einen süßen Hintern! Olè!

Der Lustmolch in mir hat gewonnen. Der Fünfer geht klar.

«Ich bleibe bei ihr!»

Ich erwache jäh aus wilden Taxifahrerphantasien. Welch garstige Worte muss ich da hören? Laura hat sich entschieden. Sie bleibt hier und kümmert sich um ihre Freundin, definitiv. Sie gibt mir das Geld für die Fahrt, das die Damen schon vorher zusammengekratzt haben. Ihre fünf Euro sind dabei. In meiner Verzweiflung biete ich ihr an, sie umsonst nach Kladow zu fahren.

«Mach's gut», sagt sie und küsst mich zum Abschied auf die Wange.

Damit ist der Fall für sie erledigt. Sie dreht sich um und lässt mich stehen. Das geht jetzt aber schnell. Verdammt!

Unentschlossen steige ich ins Auto. Kein Kladow, kein Koitus.

Auf dem Radiosender Fritz habe ich mal gehört, wahre Freundschaft zwischen Frauen bedeute, ihr die Haare beim Kotzen aus dem Gesicht zu halten. Das tut Laura gerade und ich muss einsehen, hier abkömmlich zu sein. Ich muss loslassen. Ich fahre um die Ecke, stelle den Motor ab und rauche erstmal eine Zigarette. Und jetzt? Einfach weiter arbeiten?

Zehn Minuten später fahre ich noch mal langsam an den beiden vorbei und schaue, ob es nicht irgendwelche Fortschritte zu meinen Gunsten gibt. Loslassen sieht anders aus. Die beiden sitzen inzwischen vor einem Gartenzaun auf einer niedrigen Mauer. Lauras Freundin spuckt immer noch Souvlaki aus. Laura hat einen Arm um sie gelegt und bemerkt mich gar nicht.

Das war's. Pech gehabt. Ich hadere mit meinem Schicksal und fahre enttäuscht, lustlos und ohne Ziel weiter.

Laura!

Du wolltest alle Fotos auf studiVZ ins Netz stellen, gleich am nächsten Tag.

Wenn ich deinen Charakter richtig eingeschätzt habe, dann hast du deine Freundin nicht bloßgestellt. Die Fotos sind nie im Netz gewesen.

Vielleicht ist es dir jetzt sogar peinlich, wie du mich damals angebaggert hast?

Keine Sorge, das war schon okay.

Solltest du diesen Text jemals lesen, vorgelesen bekommen oder sonst irgendwie davon hören, dann nimm doch Kontakt zu meinem Agenten auf und lass' dir einen Termin mit mir geben. Sein Büro findest du am Ku'damm, gleich über dem Griechen. Ich würde dir auch die Wartezeit bezahlen.

MEINE MONSTER

Mittwochabend. Starte meine Schicht pünktlich um achtzehn Uhr. Ich fahre ein wenig durch die Gegend, um vielleicht den ersten Winker aufzugreifen. Soeben habe ich im Handschuhfach ein Navi entdeckt. Dann kann ja heute nichts mehr schief gehen.

Ich biege von der Schönhauser Allee in die Kastanienallee ein, das ist eine von den Ecken, an denen viel gewunken wird, besonders spät nachts. Aber manchmal hat man auch um diese Uhrzeit Glück. Und tatsächlich, gleich am Anfang der Kastanienallee reckt jemand seinen Arm in die Höhe. Aber was ist das? Ein Polizist? Sofort meldet sich das schlechte Gewissen. Klar, ich fahre manchmal etwas zügig, aber im Augenblick bin ich mir keiner Schuld bewusst. Allgemeine Verkehrskontrolle? Nein, er hat gewunken wie ein normaler Fahrgast. Ich halte an, mal schauen was er will.

«Fahren Sie den Mann hier nach Hause?»

«Was ist denn mit ihm?», frage ich.

«Er ist betrunken und in der Tram etwas aufgefallen. Wir haben nachgesehen, er hat Geld. Wollen Sie oder wollen Sie nicht?»

«Wo will er denn hin?», zögere ich meine Entscheidung hinaus.

«Er will nach Marzahn. Ja oder nein? Sonst winke ich ein anderes Taxi ran.»

Marzahn klingt gut. Das ist eine Zwanzig-Euro-Tour, gleich zu Beginn der Schicht. Andererseits, wer um diese Uhrzeit schon so betrunken ist, mit dem könnte es Stress geben. Die Vorsicht streitet mit der Gier. Diese gute Tour an einem Mittwoch einem Kollegen überlassen?

«Okay, ich nehme ihn mit.»

Sie setzen ihn hinten rein. Schon bereue ich meine Entscheidung. Der Mann sieht schlimm aus. Seine Glatze und sein Gesicht sind übersäht mit Schrammen und Narben. Sein Blick ist finster und unfreundlich. Er starrt mich an. Der Polizist belehrt ihn jetzt noch:

«Der junge Mann fährt dich nach Hause. Hier drin wird nicht geraucht und nicht gesoffen! Benimm dich also ordentlich!»

Jetzt schnallt er ihn sogar noch an. *Ordentlich fixieren*, schießt es mir durch den Kopf. Er schließt die Tür und damit ist der Fall für die Polizei erledigt. Für mich beginnt er.

«Wollenberger, wissen Se wo das ist?», fragt er mit Säuferstimme.

«Bis jetzt noch nicht», antworte ich ehrlich, «wo ist das ungefähr?»

«Das ist das Säuferwohnheim!», sagt er mit unangenehm lauter Stimme.

Eigentlich wollte ich wissen, *wo* das ist. Jetzt weiß ich zumindest, *was* das ist. Fummele am Navi rum. Dass ich es so schnell brauchen würde, hätte ich nicht gedacht. Von meinem Fahrgast ist keine Hilfe für die Streckenführung zu erwarten, ich denke nicht, dass er weiß, wo wir sind. Der ist richtig breit. Er fängt an, sich aufzuregen:

«Scheiß Bullen. Wat ham die denn bloß? Setzen mich inne Taxe. Ist doch ein ganz normaler Ablauf gewesen.»

Er meint wohl das Saufen und das anschließende Pöbeln in der Tram. Der hat aber auch eine unangenehme

Stimme! Er packt eine Flasche Goldbrand aus, schraubt sie auf und nimmt einen tiefen Schluck.

In mir fängt es an zu arbeiten. Verbieten? Keine Ahnung, wie der reagiert, vielleicht wird er dann aggressiv. Ihn trinken lassen? Wie viel hat er wohl schon drin? Das ist mit Sicherheit nicht die erste Flasche heute. Der trinkt Schnaps wie andere Leute Cola. Das gibt bestimmt Schwierigkeiten beim Aussteigen, wenn der weiter so säuft.

Ich bekomme ein mieses Gefühl.

Ich fahre vorsichtig, damit er nicht auch noch kotzen muss. Obwohl, wer ein richtiger Trinker ist, der kotzt nicht, das wäre doch viel zu schade um den schönen Goldbrand.

Die Fahrt nach Marzahn zieht sich hin, es kommt mir vor wie eine Ewigkeit. Schweigend fahren wir in die einbrechende Dunkelheit hinein, auch in mir breitet sie sich aus. Es gibt absolut nichts zu reden. Er fragt nur etwa vier Mal:

»Wollenberger, wissen Se wo das ist?»

Das Navi weiß es und irgendwann sind wir in Marzahn.

Was für eine düstere Ecke von Berlin. Das Trinkerwohnheim und eine Tankstelle sind die einzigen Gebäude weit und breit. Das Wohnheim ist ein hässlicher, runtergekommener Plattenbau. Mir wird klar, dass eine Tankstelle an diesem Ort nicht mit Benzin, sondern mit Sprit ihr Geld macht. Ich weiß nicht genau, wo hier der Eingang sein soll, die Vorderseite wird blockiert von einer dicken Fernwärme-Leitung. Schließlich finde ich eine Art Zufahrt und fahre hinten auf den Hof. Jetzt sehe ich auch den Eingang vom Wohnheim.

Die Stunde der Wahrheit. Sechzehn Euro achtzig sind auf dem Taxameter, nicht die erwarteten zwanzig. Wir sind am Rand von Marzahn.

«Wollenberger Straße?», fragt er skeptisch.

Der gute Mann müsste doch wissen, wo er wohnt.

«Ja genau, wir sind da. Sechzehn Euro achtzig, bitte.»

«Wo soll'n das reingehen?»

Er hat mitgekriegt, dass ich vorhin unsicher war, wo hier der Eingang ist. Er will mich ärgern.

«Wir sind auf der Rückseite. Da hinten geht's rein und ich hätte gerne das Geld für die Fahrt», versuche ich es auf die vernünftige Art.

«Wo is'n der Eingang?», wiederholt er sich nur stumpf.

Erkennt der sein trautes Heim nicht mehr? Der Tod persönlich starrt mich hier aus kalten Augen an.

«Wir sind da, das hier ist ein Taxi und ich hätte gerne mein Geld, ich will dann auch weiter.»

Oh ja, ich will weiter, weit weg von diesem trostlosesten Ort in ganz Berlin.

In absolutem Zeitlupentempo fängt er an zu kramen. Das Einzige, was er nach ewigem Wühlen aus seinen Taschen hervorzaubert, sind Zigaretten. Er schafft es noch, sich eine in den Mund zu stecken und will sie anzünden. Aber nicht hier drin! Ich muss mich durchsetzen.

«Im Taxi wird nicht geraucht!»

Das kümmert ihn überhaupt nicht. Schon hat er die Kippe angezündet. Egal wie betrunken jemand ist, rauchen geht immer. Ich nehme ihm die Fluppe aus dem Mund und schmeiße sie auf den Hof. Jetzt werde ich sauer. Der hier macht nicht, was ich von ihm will. Der kann gar nicht mehr zahlen, selbst wenn er's wollte. Ein

Monster aus einem Albtraum. Ich muss es loswerden. Oder aufwachen.

Zügig gehe ich nach hinten und reiße seine Tür auf.

«So, es reicht jetzt. Aussteigen und Kohle her!»

Ich rupfe ihm die zweite brennende Zigarette aus dem Mund und schmeiße sie weg.

Aussteigen kann er definitiv auch nicht mehr. Er versucht es gar nicht erst.

Und was jetzt? Die Polizei rufen? Ehrlich gesagt: Die hätten ihn fahren müssen. Die wälzen ihr Problem auf einen Taxifahrer ab. Wofür zahlen wir eigentlich Steuern?

Soll ich ihn packen, ihn irgendwie aus dem Auto zerren, ihm die Taschen durchwühlen? Das ist wirklich nicht mein Job. Er ist meine Nemesis. Ich war zu gierig. Ich bilde mir ein, dass neue graue Haare aus meinem Kopf sprießen.

Ein junger Mann, vielleicht Anfang zwanzig, kommt aus der Tür des Wohnheims.

«Hey, kannst du mal kurz kommen? Bitte!», flehe ich ihn an.

Er sieht uns und ahnt, was los ist.

«Damit will ich nichts zu tun haben.»

«Ich doch auch nicht! Hilfe!»

«Es gibt hier einen Wächter, soll ich dem Bescheid sagen?»

«Oh ja, sag' ihm Bescheid, er muss kommen!»

Mein Retter! Ich sehe den Wachmann in seinem Kabuff sitzen und winke ihm.

Der Angesprochene reagiert erstmal gar nicht. Er versucht, die Situation auszusitzen.

Ich winke wie blöde und rufe. Endlich verlässt er

seinen Pförtnerverschlag und kommt ohne jegliche Eile auf uns zu. Er wird sich denken können, dass es hier Ärger gibt. Meine Nemesis hat sich nicht von der Stelle bewegt. Ungeniert rauchend sitzt der Mann hinten im Taxi. Wenigstens ist die Tür auf, so dass der Rauch abziehen kann. Ich schildere dem Wächter in knappen Worten mein Problem und jammere über den beschissenen Anfang der Schicht. Er raucht Zigarillos und ihn schockt gar nichts mehr.

»So, Heino. Komm da raus jetzt, gib dem jungen Mann sein Geld und gut ist.«

Keine Reaktion. Also legt der stämmige Wärter eine andere Gangart ein. Er packt Heino, stellt ihn ans Auto, kramt nach seinem Portemonnaie, findet es und holt einen Schein raus.

«Hier sind zwanzig Euro für den Fahrer und jetzt kommste brav mit. Ich tu dir sonst richtig weh. Ich kenn' da ein paar Stellen, da haste in zwei Wochen noch was von!»

Er bugsiert ihn in Richtung des Wohnheims.

«Für Sie war das 'ne blöde Fahrt, aber wir haben hier so was die ganze Zeit!», sagt er zum Abschied.

Das glaube ich ihm. Ich bedanke mich.

Was für ein Job, Wächter in einem Säuferwohnheim. Der Arsch vom Dienst. Es würde mich sehr wundern, wenn der anständig bezahlt wird für seine Tätigkeit. Der muss selber trinken, das hält man doch sonst gar nicht aus.

Ich bin mein Monster los. Was ich nicht los bin, ist die Schnapspfütze auf der Fußmatte. Ich hole Küchenrolle aus dem Kofferraum und fange an zu putzen. Ich putze auch gleich noch die Stelle, wo er saß.

Gott sei dank ist die nicht feucht, eingepullert hat er also nicht.

Und jetzt nichts wie weg von hier! Starte den Motor und fahre vom Hof. Ich mache das Fenster runter und zünde mir eine Zigarette an.

Angeblich kostet das tausend Euro, wenn man als Fahrer in der Taxe beim Rauchen erwischt wird. Europäisches Nichtraucherschutz-Gesetz. Doch das ist mir jetzt egal. Sollen sie ruhig kommen. Diese Zigarette habe ich mir verdient.

Immer ist man allein bei diesem Job. Mich friert es.

Ich grübele vor mich hin, ob ich mich überhaupt als Taxifahrer eigne und fahre zurück in die Zivilisation.

STONED FACES DON'T LIE

Vor der Diskothek Matrix am Wahrschauer Platz in Friedrichshain werde ich von einem blonden Mädel angesprochen. Ob ich fünf Personen mitnehmen könne?

Ich kann. Es handelt sich um zwei junge deutsche Mädels und drei holländische Typen, die mit mir fahren wollen.

Ich klappe die Rückbank nach vorne, ein deutsch-holländisches Pärchen kriecht hinten auf die beiden Sperrsitze, das andere auf die Rückbank. Übrig bleibt ein Niederländer, der offensichtlich keine Lady abbekommen hat. Nennen wir ihn Piet.

Piet hat eine Selbstgedrehte in der Hand und steigt damit vorne bei mir ein.

Doch halt, das riecht aber sehr verdächtig nach Gras! Die kiffen schnell noch vor der Taxifahrt. Aber doch bitte nicht hier im Wagen! Ich suche nach passenden Worten, um meinem Unmut Ausdruck zu verleihen, da hat er mir das dampfende Etwas auch schon angeboten.

Hier, das erkenne ich sofort, kann etwas zur Völkerverständigung getan werden. Auf gute nachbarschaftliche Beziehungen! Und: doppelt hält besser.

Piet ist nun mein Freund, so schnell kann das gehen. Ich mag die Holländer. Die genießen das Leben.

«Wo darf es denn hingehen?», frage ich in die Runde.

«Ins Hilton am Gendarmenmarkt», antwortet die Blondine hinter mir.

Piet ist damit nicht einverstanden, er will nach Hause und das ist ein Hostel in der Kopernikusstraße in Friedrichshain. Die Holländer fangen an zu diskutieren.

Ich fahre los, ohne klares Fahrtziel vor Augen. Piet setzt sich für den Augenblick durch und wir peilen erstmal das Hostel an. Der Rahmen scheint abgesteckt, Piet hat keine Herzensdame für sich gewinnen können.

Du hast doch aber leckeres Gras und zwei gesunde Hände, möchte ich ihm aufmunternd zurufen, sage aber nichts. Sein Kumpel hinter ihm macht sich an das blonde Mädel ran. Sie sieht aus wie Paris Hilton, dieser missratene Spross einer reichen Hoteldynastie. Er versucht, sie zu küssen. Sie weist ihn zurück. Doch nein, jetzt darf er kurz mit ihr knutschen, aber nur kurz. Paris hat alles unter Kontrolle.

Vor meinem inneren Auge spielen sich Sexszenen ab, eine deutsch-holländische Orgie bahnt sich hier an.

Doch erstmal sind wir jetzt vor dem Hostel in der Kopernikusstraße. Die Diskussion entflammt erneut. Piets Freunde wollen nicht ohne ihn. Motto: Es ist doch genug für alle da. Doch Piets Phantasie reicht nicht aus für eine Orgie mit Paris im Hilton und ich muss ihm Recht geben. Die beiden Damen sind für so was nicht zu haben.

Er steigt aus, einer seiner Kumpels hinterher. Ich stehe auf den Straßenbahnschienen der Linie M13 und schalte den Warnblinker ein. Munter geht es hin und her in diesem lustigen Dialekt, der in unserem Nachbarland als Sprache bezeichnet wird. So langsam nervt es mich ein bisschen. Natürlich kommt genau jetzt die Tram von hinten angefahren. Sie klingelt ungeduldig, ich werde hektisch, schaffe es mit Mühe, den Wagen in eine enge Parklücke zu quetschen. Die Tram passt durch. Die Orgiendiskussion ist in vollem Gange. Jetzt will der dritte Holländer ganz hinten aussteigen und mitreden, aber dafür müsste die Rückbank umgeklappt werden. Er fängt an, über die Sitze zu klettern. Aber das geht doch so nicht!

Als ich schnell aussteigen will, gerate ich mit dem Knie an den Alarm des Autos. Laut fängt der Opel zu hupen an, rhythmisch leuchten Warnblinker und Taxischild im Takt. Es ist morgens um vier und das ist auch für die Anwohner in der Kopernikusstraße, die einiges gewohnt sein dürften, definitiv zu laut.

Das ist mir zum ersten Mal *Unter den Linden* passiert, genau hinter einer Polizeistreife. Ich hatte keinen Plan, wie der Alarm wieder ausgeht und musste in der Firma anrufen. Das hat gedauert. Die Polizei hat das hingegen überhaupt nicht interessiert. Sollte ich also irgendwann mal überfallen werden und Polizei ist in der Nähe, weiß ich, was ich zu tun habe: Auf gar keinen Fall den Alarm drücken.

Ich bin also vorbereitet, allerdings ist das letzte Alarmausschalten zwei Jahre her und da war es hell. Wie war das noch? *Motorhaube öffnen*, wo war denn bloß noch mal der entsprechende Schalter? Oder ist es ein Hebel? Das Denken fällt mir unheimlich schwer, weil der Wagen so einen penetranten Lärm macht. Piet schaut durchs Fenster, lacht und sagt:

«Du bist stoned!»

Wie kommt der denn auf so was, ich habe doch gar nicht gezogen. Oder doch? Mann, ist das laut! Ich finde den Hebel, steige aus und natürlich ist die Motorhaube zusätzlich auch noch arretiert. Ich fummele an dem kleinen Plastikding rum, an dem man ziehen muss und schaffe es, die Haube zu öffnen. Wo genau ist er versteckt, der schwarze kleine Knopf, der uns alle von diesem Lärm erlöst? Ich versuche, mich an die Worte meines Chefs zu erinnern: *An der hinteren Spritzwand, gleich über dem Radkasten links.* Nein, rechts. Was ist eigentlich eine Spritzwand? Ich denke später mal in Ruhe darüber nach. Inzwischen dürfte auch der letzte Nachbar geweckt sein und ich rechne damit, jeden Augenblick von einem aufgebrachten Mob gelyncht zu werden. Ist das dunkel hier im Motorraum. Eine Taschenlampe wäre nicht schlecht.

Trotz der kryptischen Beschreibung finde ich schließlich den schwarzen kleinen Knopf.

Ruhe! Endlich! Danke Opel, dass du den Ausschalter für die Alarmanlage hier versteckt hast. Wie überaus praktisch! Ich schaue mich um: Keine aufgebrachten Menschen weit und breit. Ach, Berlin, ick liebe dir!

Ich beschließe, Feierabend zu machen. Es reicht mir wirklich für heute.

Ich will soeben losfahren, da merke ich, dass ich nicht allein bin. Verdammt, die hatte ich ja ganz vergessen.

«Ins Hilton», sagt Paris.

Jetzt sind es nur noch die beiden Pärchen, es ist entschieden: Piet ist bei Tütchen und Rubbelhändchen im Hostel geblieben.

Fahre über die Karl-Marx-Allee, real existierende sozialistische Häuserfronten zu beiden Seiten. Schöne Musik im Radio, *Halleluja* von Jeff Buckley.

Was für ein Song! Wäre ich allein im Auto, würde ich jetzt wahrscheinlich anhalten und ein paar Tränchen vergießen. Drehe Jeff Buckley lauter, hinten fangen alle an zu knutschen. Ach, ist das gemütlich! Der Stress fällt von mir ab.

Ist manchmal doch ein schöner Job, das Taxifahren. Wir gleiten durch die Nacht.

Aber ich habe die Rechnung ohne Miss Hilton gemacht. Ihr wird es wohl plötzlich alles zu heftig mit dem Knutschen und Fummeln. Sie fängt an, meinen Weg zu kritisieren:

«Das ist viel zu weit! Warum fährst du so?»

Ich rechtfertige mich und wünsche mir sehnsüchtig, sie möge sich wieder ihrem Holländer widmen. Macht sie aber nicht. Sie steigert sich jetzt richtig rein, ich würde sie voll verarschen.

Love is not a victory march, singt Jeff Buckley gerade.

Oh, möge sie sich doch entspannen! Offensichtlich hat sie nicht am Tütchen gezogen. Madame Hilton fängt jetzt an, die Anderen gegen mich aufzuhetzen. Die Holländer kennen sich natürlich null aus und schlagen sich auf ihre Seite. Die Stimmung kippt gewaltig.

Ich fahre rechts ran, ich bin jetzt sauer.

«Okay, dann müsst ihr laufen. Ich versuche hier zu arbeiten. Wenn ihr mir nicht vertraut, dann bitte!»

Halleluja.

Laufen will aber keiner. Ich soll doch bitte weiterfahren. Aber die Atmosphäre ist vergiftet und Paris geht mir auf der restlichen Fahrt weiter auf den Sack. Ich hätte auf jeden Fall anders fahren müssen. Wie genau weiß sie auch nicht, aber definitiv anders als so.

Blöde Kuh. Im Hilton logieren, sich aber wegen ein paar Euro mehr oder weniger fürs Taxi aufregen. So sind sie, die Reichen!

Jeff Buckley hat den letzten Ton ausgehaucht, es folgt ein schlechter Song, den ich sofort leiser drehe.

Streitend kommen wir am Hilton an, die Holländer steigen blitzschnell aus und lassen Paris auf der Rechnung sitzen. Richtige Gentlemen. Eigentlich mag ich sie doch nicht, die Niederländer. Sie ist der Meinung, ich hätte eigentlich gar kein Geld verdient für meine Abzocke, ich hingegen will für diese Nervtour ein ordentliches Trinkgeld. Sie zahlt mit einem Fünfziger. Natürlich muss ich ihr auf den Cent genau rausgeben.

Na Jungs, dann viel Spaß noch mit dieser hysterischen Ziege! Nehmt euch was zu Trinken mit, den Zimmerservice zahlt die nicht für euch.

Entnervt brause ich davon und mache endlich Feierabend.

Okay, ich hätte über den Ostbahnhof fahren müssen, dämmert es mir später. Das wäre ein bisschen kürzer gewesen. Ich war wohl etwas angestrengt. Oder stoned.

Werter Leser!

Niemals würde ich an einem angebotenen Joint ziehen. Das ist verboten.

Selbstverständlich halte ich mich an die Gesetze, wie alle anderen Berliner Taxichauffeure auch. Niemand nimmt in diesem Gewerbe irgendwelche aufputschenden Substanzen zu sich. Kein Speed, kein Koks, kein Gras, keine Tabletten. Einfach Nichts.

Ich schwöre, Alter!

OB BLOND, OB BRAUN, ICH FAHRE ALLE FRAUEN

Ich hatte von Anfang an so ein komisches Gefühl in dieser Freitagnacht. Es gibt so Tage, da liegt irgendwas in der Luft. Alle Fahrgäste sind extrem breit. Ich meine noch voller, als sie es gewöhnlich schon sind.

In der Skalitzer Straße in Kreuzberg steigt mir hinten ein Pärchen ein. Sie ist kreidebleich. Mit dem Profiblick des Taxifahrers erkenne ich, dass ihr schlecht ist.

«Das klappt schon mit ihr?», frage ich ihn vorsichtig.

«Ich hoffe es. Sonst sind wir vorbereitet.»

Wie genau sie vorbereitet sind, erfahre ich sofort: Er hat eine Plastiktüte in der Hand und hält sie ihr hin. Das nenne ich mal Fahrgäste! Die eigene Kotztüte dabei, nicht schlecht. Das hatte ich auch noch nicht.

«Dann fahr ich wohl mal lieber schön soft, oder?»

«Wäre wohl besser», sagt er.

Ich bin also gewarnt und fahre entsprechend vorsichtig. Das heißt sanft beschleunigen und bloß nicht scharf bremsen. Ich nehme die Kurven ausladend und elegant, versuche Schlaglöcher zu vermeiden. Als guter Nachtfahrer lernt man, wirklich zu chauffieren. Aus purem Eigennutz. Wer will schon putzen?

Er kümmert sich rührend um sie.

«Du Arme, du hattest aber auch einen Stress!»

Schon baut sie den Stress schwallartig in die dargebotene, improvisierte Kotztüte ab. Die hört gar nicht mehr auf damit. Ich hoffe nur, dass das eine Qualitätstüte ist. In diesem Augenblick begrüße ich es, dass ich so einen

Schnupfen habe und absolut nichts rieche. Eigentlich ist es in diesem Job sogar besser, wenn man ständig erkältet ist. Seltsamer Gedanke.

In der Alten Schönhauser Straße in Mitte steigen die beiden aus. Aber halt, da liegt doch noch was? Eine fast leere Flasche Wodka im Fußraum.

«Aha!», sage ich, «das ist also der Grund des Übels!»

Ich drücke ihm die Flasche in die Hand. Ich habe keine Lust, sie zu entsorgen und vielleicht braucht er sie ja noch, wenn die Dame dann im Bett ist.

«Wenn es doch nur das wäre!», sagt er.

So genau will ich es gar nicht wissen, der Inhalt der Tüte ist ihre Privatangelegenheit. Ich wünsche den beiden viel Glück und fahre weiter.

Gekotzt wurde also heute schon, jetzt kann es doch nicht mehr schlimmer kommen. Oder?

Irgendwann lande ich am Velodrom in Prenzlauer Berg. Dort findet gerade das Sechs-Tage-Rennen statt. Das ist immer ein großes Hallo in Berlin, selbst der gute alte Frank Zander darf dort noch mal auftreten. Es ist halb drei Uhr morgens, das Radrennen längst vorbei. Einige Taxen stehen vor dem Ausgang und warten auf die Crème de la Crème der Patienten mit *last guest syndrom*. Auf die Tresensteher und Absacker-Schlürfer und Nicht-enden-Könner. Während ich noch überlege, was genau Frank Zander da drinnen eigentlich tut – singen etwa? – steigt hinten eine blonde Frau ein.

«Ich bin total betrunken!», eröffnet sie den Reigen.

«Das macht doch nichts», versuche ich eine versöhnliche Atmosphäre aufzubauen. Doch, das macht wohl was, zumindest bei dieser Frau.

«Ich will in die Große-Leege-Straße, Hohenschönhausen.»

Wir fahren los. Sie ist total überdreht.

«Mann, bin ich breit! Muss ich pissen! Ist mir kalt! Fühl mal.»

Sie reicht mir ihre Hand nach vorne. Ziemlich übergriffig, wie ich finde. Ich berühre ihre Hand nur kurz, sie ist tatsächlich eiskalt. In der Fahrertür steht meine große Thermostasse mit heißem, frisch gebrühtem Kaffee. In einem Anflug von Humanität reiche ich ihr die Tasse, was ich sofort bereue. Ich kenne die Frau doch gar nicht. Vielleicht hat sie irgendwas Ansteckendes? Sie versucht, einen Schluck zu trinken und schlabbert sich doch nur auf die Jeans. Dabei sehe ich, dass sie wohl offensichtlich vergessen hat, nach dem letzten Toilettenbesuch die Hose wieder zuzumachen. Der Hosenstall steht offen und der Gürtel hängt an den Seiten runter. Sie merkt das gar nicht mehr. Wen habe ich mir da bloß ins Taxi geladen? Ich nehme meinen Kaffeebecher wieder an mich, denn schließlich bin ich kein rollendes Bistro. Den trinke ich jetzt wohl eher nicht mehr.

«Der ist aber lecker, du hast eine Frau!»

«Nee, den hab ich mir selbst gekocht.»

«Sag mal, bist du schwul?»

Nachtigall, ick hör dir trapsen. Wenn eine Frau das fragt, ist Vorsicht geboten. Sie will mich anbaggern und findet, dass ich nicht genug auf ihre Avancen eingehe. Sie fühlt sich abgewiesen, deswegen fragt sie das.

«Quatsch, ich hab eine Tochter, die ist neun», versuche ich meine sexuelle Orientierung klarzustellen. Als ob das irgendwas beweisen würde.

Wir sind jetzt da, Große-Leege-Straße in Hohenschönhausen. Wir stehen vor ihrem Haus. Sie kramt in ihrer Tasche.

«Oh Mann, mein Geld ist in der Wohnung.»

Da musst du wohl mit rauf kommen, ergänze ich innerlich den Satz.

«Wo ist denn bloß mein Schlüssel?»

Mir wird klar, dass sie gar nichts mehr bei sich hat. Ich bekomme ein sehr schlechtes Gefühl, was den Ausgang dieser Tour betrifft.

«Ich würde dich jetzt gerne mit hoch nehmen in die Wohnung!»

Aber sie hat keinen Schlüssel. Hat sie überhaupt Geld in ihrer Wohnung? Ich bezweifle es. So langsam muss ich mir Gedanken machen, wie ich an mein Fahrgeld kommen kann.

«Waren Sie denn mit irgendwem im Velodrom?», frage ich sie, einem plötzlichen Geistesblitz folgend. Ein Plan?

«Sag doch du zu mir, bitte. Muss ich pissen!»

«War irgendwer mit Ihnen, mit dir, beim Rennen, der den Schlüssel und den Geldbeutel gefunden haben könnte?»

«Ja, meine Freundin.»

«Und wo wohnt die?»

«Die wohnt hier gleich um die Ecke.»

Das klingt doch gut!

«Wollen wir da nicht kurz hinfahren?»

«Ja, können wir machen.»

Ich fahre los. Noch gebe ich nicht auf. Sie starrt aus dem Fenster.

«Stopp! Hier geht es rein, glaube ich.»

Ich halte an. Sie steigt aus und läuft zum ersten Aufgang eines Plattenbaus. Dann zum zweiten. Sie weiß nicht genau, wo ihre Freundin wohnt? Offensichtlich eine gute Freundin von ihr. Ich steige ebenfalls aus und gehe hinterher.

«Wie heißt denn Ihre Freundin?», frage ich sie.

«Krull. Sag doch bitte du zu mir.»

Ich suche auf irgendwelchen Klingelschildern nach diesem Namen. Meine Güte, wohnen hier viele Menschen! Das hat doch alles keinen Sinn, ich weiß es eigentlich genau. Und was macht sie? Sie zieht sich die Hosen runter und pisst direkt vor einem Hauseingang auf das Pflaster. Sie hätte auch ein paar Meter weiter in die Büsche gehen können. Ich bin mir sicher, am nächsten Tag, mit dickem Schädel, wird sie sich in Grund und Boden dafür schämen. Wenn sie sich dann noch daran erinnern kann. In was für Situationen wird man eigentlich als anständiger Taxifahrer gebracht? Sie geht zurück zum Taxi, setzt sich wieder hinten rein und schließt die Tür. Wie jetzt? Ich hege den leisen Verdacht, dass es hier gar keine Frau Krull gibt. Die wollte nur pullern. Die verarscht mich! Ich öffne die Fahrertür und setze mich ebenfalls ins Auto.

«Was ist denn jetzt mit Ihrer Freundin? Das nervt mich hier alles total.»

«Bist du eigentlich vergeben?»

«Ja, bin ich.»

Wie dreist kann man sein? Überhaupt kein Problembewusstsein.

«Morgen bekomme ich Koks!»

Aha, eine Kokserbraut! Das erklärt einiges. Statt mir eine Lösung zu präsentieren, wie sie mich zu bezahlen gedenkt, baggert sie mich an und versucht, mich mit imaginären Drogen zu bestechen. Ich bin jetzt richtig sauer.

«Okay, dann fahren wir eben zu den Bullen!»

Jetzt kriegt sie Panik. Kokserparanoia.

«Nein, bitte nicht!», fleht sie mich an.

Mit kalter Hand fasst sie mir von hinten an den Arm.

«Fassen Sie mich nicht an!»

Manch notgeiler Taxifahrer mag in stillen, einsamen Stunden an der Taxihalte Alt Schmöckwitz von so einer Gelegenheit für schnellen Sex geträumt haben. Ich aber nicht, lieber verlöre ich einen Arm, als die auch nur anzufassen. Was mache ich jetzt mit der?

In etwa fünfzig Metern Entfernung sehe ich ein Taxischild leuchten. Ein Kollege, den ich um Hilfe bitten kann. Ich laufe zum fremden Taxi und öffne die Beifahrertür. Ein schon etwas älterer Fahrer, der sollte doch Erfahrung mit so etwas haben. In knappen Worten schildere ich ihm mein Problem.

«Fahr' sie zu Polizei, die nächste Wache ist in der Friedenstraße, Friedrichshain.»

Krass, ist das weit! Gibt es denn in Hohenschönhausen keine Kriminalität?

«Oder fahr' sie an eine Tankstelle, soll der Tankwart sich mit ihr rumärgern. Keine Ahnung, aber mach doch bitte die Tür zu, es ist kalt.»

Keine große Hilfe. Ich lerne, dass man als Taxifahrer allein klarkommen muss.

Während ich zurück zu meinem Auto gehe, treffe ich eine Entscheidung: Dieses Drogenopfer hat mich schon viel zu viel Zeit und Nerven gekostet. Jetzt ist Autorität und Durchsetzung gefragt. Ich reiße die Tür hinten auf und erhebe meine Stimme:

«Raus! Und zwar sofort. Raus!»

Das hat gesessen, ruckzuck ist sie draußen.

Ich starte den Wagen und überlasse sie ihrem Schicksal. Ohne Wohnungsschlüssel, Geld und Handy. Soll sie sehen, wie sie klarkommt. Immerhin gibt es morgen Koks.

Auf der Rückfahrt in die Stadt überlege ich, wie ich meinem Chef das Minus erkläre.

Wohl zwei Stunden hat mich das jetzt gekostet, summa summarum. Völlig sinnlose Zeitverschwendung. Da wird mir ein Auftrag angeboten. Ich nehme ihn an. Ich soll ein Center in Lichtenberg anfahren, dort sei in einem Dönerladen ein Fahrgast für mich. Das ist ein ordentliches Stück von hier und ich gebe Gas. Einfach weiterarbeiten, das ist wohl die beste Strategie. Ich parke den Wagen an der Hauptstraße und suche den Eingang vom Center. Was sich als schwierig erweist, denn der liegt auf der Rückseite. Ich hätte anders fahren müssen. Das kostet jetzt noch mal Zeit, also jogge ich um das Gebäude herum und betrete ziemlich kurzatmig den Dönerladen.

«Ich soll hier jemand abholen», sage ich zum türkischen Imbissmann.

Er geht in den Nebenraum, in dem geraucht werden darf. Ein betrunkener Mann kommt zu mir.

«Hat zu lange gedauert, die ist gelaufen.»

Das darf doch alles nicht wahr sein! Wutschnaubend stehe ich da.

«Wer zahlt mir das jetzt? Ich will wenigstens drei Euro für die Anfahrt!»

Ich habe von Kollegen gehört, dass man das als Taxifahrer machen kann. Von dem besoffenen Typen ist nichts zu erwarten. Der türkische Verkäufer hat Mitleid mit mir und gibt mir das Geld.

«Kein Problem, hole ich mir morgen von ihr wieder.»

Nett von ihm. Ich verlasse den Dönerladen. Jetzt also auch noch eine Fehlfahrt im Anschluss. Und wieder eine Frau! Die Erste hat gekotzt, die Zweite gekokst und die Dritte ist gelaufen. Was ist denn heute bloß los? Passieren solche Dinge eigentlich immer nur mir?

Da sehe ich ihn hell und groß am Himmel leuchten. Man sollte an Vollmond einfach kein Taxi fahren.

JUST WATCHING, NO FUCKING

Freitagnacht im Februar, zwei Uhr.

Ich stehe in der Köpenicker Straße in Kreuzberg vor dem Spindler&Klatt.

Das Spindler&Klatt ist so ein vermeintlicher Nobelschuppen direkt an der Spree. Draußen am Wasser schicke weiße Sitzgarnituren aus Leder und Tischchen mit weißen Tischdecken drauf. Dahinter das eigentliche Gebäude, ein langer, mächtiger und düsterer Industrie-Backsteinbau der Jahrhundertwende. Genau dieser Kontrast zwischen edel und abgeranzt ist es wohl, den die Touristen aus New York oder London so cool und subversiv finden.

Das Filmfestival Berlinale läuft gerade, eine gute Zeit für uns Taxifahrer, nach einem eher dürftigen Januar. Im Spindler&Klatt findet heute eine Afterhour-Party zur Berlinale statt, mit Stars und Sternchen aus aller Welt. Der rote Teppich ist ausgerollt, das wuchtige Gebäude wird von Scheinwerfern hell angestrahlt. Vielleicht hoffe ich ja insgeheim, denke ich mir, während ich hier warte, heute möge mal ein weiblicher Star in mein Taxi steigen. Vielleicht Cindy Crawford? Obwohl, ihr Ausflug vom Modeln ins Filmgeschäft war doch wohl eher unrühmlich. Wie viele Taxifahrer wohl im Stillen davon träumen, Nicole Kidman oder Scarlett Johansson transportieren zu dürfen? Warten wir deshalb alle hier, in der Hoffnung, mal mit unserem Lieblingsstar auf engstem Raum eingesperrt zu sein? Und wie wahrscheinlich ist das?

Schräg gegenüber vom Spindler&Klatt befindet sich das Kontrastprogramm, ein Laden namens *Tutti Frutti*. Eine Tabledance Bar. Wer sich im Spindler an Stars und Sternchen aufgegeilt hat, kann dort dann den Abend bei Bierchen und Tittchen gemütlich ausklingen lassen.

Ich bin Dritter in der Taxischlange, hinter mir warten noch mal drei. Meine beiden Vordermänner werden schnell von reichlich alkoholisierten Fahrgästen aus dem Spindler&Klatt okkupiert und nun bin ich dran. Alle, die aus dem Spindler kommen, sehen extrem breit aus, wahrscheinlich erträgt man den Laden sonst nur schwer. Auch die nächste Gruppe von sechs Männern hat ordentlich getankt. Sie steigen in den Mercedes hinter mir und den danach. Hallo, ich bin jetzt aber dran! Das ist ein ungeschriebenes Gesetz: immer schön ins erste wartende Taxi steigen. Obwohl, wenn ich mir die so anschaue, bin ich überhaupt nicht scharf auf die Einhaltung dieser Regel. Ich brauche euch nicht, ich nehme dann lieber Angelina Jolie mit.

Eine Minute später die nächste Gruppe. Ein Paar und ein, wie sagt man, Zwerg? Achtung, Diskriminierungsfalle! Man sagt natürlich nicht Zwerg oder Liliputaner, sondern *Kleinwüchsiger*. Was für ein seltsames Trio. Sie steigen in den letzten Wagen. Na klar, macht mal, ich würde auch mit niemandem fahren wollen, der solche Vorurteile hat wie ich. Doch da kommen schon meine Fahrgäste, zwei junge Asiaten. Darf man Asiaten sagen? Sie sind vielleicht hier geboren und promovieren gerade in deutscher Geschichte, wer weiß das schon? Zwei junge Männer mit asiatisch anmutendem Antlitz steuern auf mein Taxi zu und steigen zielstrebig ein. Na bitte, geht doch, schließlich bin ich ja schon längst an der Reihe. Asiatische Männer sind meistens angenehme Fahrgäste. Auch wieder so ein Klischee.

Ich will gerade den Motor starten, da steigen sie ebenso zielstrebig und ohne Erklärung wieder aus. Anders überlegt, sie gehen zu Fuß. Weit und breit kein Fahrgast mehr, jetzt steige ich auch aus. Erstmal eine rauchen. Spreche den türkischen Fahrer hinter mir an:

«Ich weiß auch nicht, was heute los ist, die steigen alle woanders ein, dabei bin ich doch der Erste.»

Er sagt, das sei doch klar, schließlich führe ich nur die B-Klasse. Und die Leute fahren halt lieber mit der E-Klasse.

Jetzt hat meine Firma endlich ihren Fuhrpark vom elenden Opel Zaphira auf Mercedes umgestellt und die Leute fahren lieber mit großen Limousinen? Da hab ich mir noch gar keine Gedanken drüber gemacht. Wenn ich mir selbst mal ein Taxi gönne, was selten genug passiert, dann ist mir das scheißegal ob E- oder B-Klasse, dann will ich einfach nur nach Hause. Offensichtlich haben die Gäste des Spindler&Klatt hohe Ansprüche. Während ich mit dem Kollegen über Fahreigenschaften der verschiedenen Fahrzeugtypen rede («scheiß harte Federung auch in B-Klasse»), kommen zwei Männer aus dem Tutti Frutti und steuern direkt auf mein degradiertes Auto zu.

«Da, deine Fahrgäste. Bestimmt zu Puff. Vierzig Euro extra! Pro Person! Also achtzig Euro», rechnet er mir mühelos vor.

Man hört ja immer davon, bei mir hat das allerdings in drei Jahren Nachtschicht bis jetzt noch nie geklappt. Das passiert offensichtlich immer nur den Kollegen.

«Na, die kommen bestimmt gleich zu dir», entgegne ich entmutigt.

Nein, sie kommen zu mir.

«Do you speak English?»

Tue ich. I do! Hier kann mangelnder Fahrkomfort durch Fremdsprachenkenntnis kompensiert werden.

«This tabledance bar is shit, do you know another one?», fragen sie mich.

Keine Ahnung.

Zum Glück kennt sich mein Luxuskarossentürke besser aus als ich. Er nennt einen Laden in der Yorckstraße und meint, die würden immerhin zehn Euro pro Fahrgast zahlen, also zwanzig Euro insgesamt. Verkneife mir die Frage, wo er so gut rechnen gelernt hat. Ich versuche die beiden zu überreden, sich doch lieber für einen Puff zu entscheiden.

«No. Just watching, no fucking!»

Also wieder nur die B-Klasse für mich.

Sie steigen tatsächlich ein und wir fahren los in meiner ollen Klapperkiste. Sehe durch den Rückspiegel noch, wie beim türkischen Kollegen Jessica Alba einsteigt. Bilde ich mir jedenfalls ein. Doch die kann mir jetzt gestohlen bleiben, denn gleich bekomme ich in einem echten Etablissement meine echte erste Provision. *Hoffentlich*, denkt der Pessimist in mir. Während der Fahrt erfahre ich, warum sie woanders hinwollen: das Tutti Frutti sei ein scheiß Laden, sie hätten schon an der Tür Stress gehabt. So verprellt man seine Gäste.

Ob denn der Laden in der Yorckstraße besser sei?

«Very nice», lüge ich vor mich hin. Jetzt bloß nicht abspringen!

Wir sind da. Genau zehn Euro sind für die Fahrt fällig.

Die gibt er mir. Kein Trinkgeld. Das passt eigentlich nicht zu den sonst immer so großzügigen Briten. Egal, ich kriege mein Trinkgeld drinnen.

Sie steigen aus, ich warte noch kurz im Taxi auf meinen großen Auftritt. Ich will nicht mit ihnen zusammen da reingehen, es ist mir irgendwie peinlich vor ihnen.

Sie stehen etwas unentschlossen vor der Tabledance Bar, da dreht sich der eine plötzlich um, läuft quer über die Yorckstraße und verschwindet im Burger King.

Was denn nun noch? Ich steige aus und erkundige mich bei dem Dagebliebenen, was los ist.

«Just pissing.»

Gibt's denn da drinnen keine Klos? Ich plaudere mit ihm, fest entschlossen, mir die zwanzig Euro nicht durch Ungeduld entgehen zu lassen. Sie kämen aus Birmingham, erzählt er mir. Ich höre allerhöchstens mit halber Aufmerksamkeit zu. Wundert der sich eigentlich nicht, dass ich mir Zeit nehme zum Palavern?

Das dauert mit seinem Kollegen, bestimmt zehn Minuten. Vielleicht ruft er auch noch kurz seine Frau in Birmingham an und erkundigt sich, ob es ihr und den Kindern gut geht. Da kommt er und läuft wieder quer über die Yorckstraße, unter Missachtung jeglicher Verkehrsregeln. Jetzt bloß nicht überfahren lassen, ich bin doch so kurz vor dem Ziel!

Nun rauchen sie noch eine zusammen vor der Tür und überlegen, ob sie wirklich da rein wollen. Klar wollt ihr, nun los doch!

Endlich klingeln sie. Die Tür öffnet sich, ich warte noch fünf Sekunden und dann: hinterher. Premiere Tabledance Bar.

«Ich bin der Taxifahrer und hab euch die beiden Vögel hergebracht», sage ich zu dem Riesen an der Tür.

«Alles klar», sagt er und «hey Cindy, gib dem mal sein Geld!»

Das ging ja leicht. Cindy (nein, nicht Cindy Crawford), kramt hinter dem Tresen aus einem Briefumschlag zwanzig Euro hervor und gibt sie mir. Ich muss auf einem Zettel unterschreiben, inklusive Angabe meiner Konzessionsnummer. Die können das hier offensichtlich von der Steuer absetzen.

Meine beiden Briten indes tun mir leid. Was für eine miese Kaschemme!

Auch deshalb wollte ich nicht, dass sie mitbekommen, wie ich ihnen hinterher gehe, damit ich jetzt nicht zur Rechenschaft gezogen werde. *Very nice.* Unten Berliner Eckkneipen-Flair, ein einsamer Zocker sitzt am Spielautomaten, ein paar Trinker am Tresen, miese Musik läuft. Das eigentliche Dancing spielt sich in einem anderen Raum, ein paar Treppenstufen höher, ab und ist von meinem Platz am Tresen nicht zu sehen.

Das passt zu mir: Zum ersten Mal in einer Tittenbar und doch nix gesehen. Absolut gar nichts.

No fucking, no watching.

Aber egal, ich habe mein Geld und bin endlich ein richtiger Nachtfahrer.

LENINGRAD COWBOYS GO
ARTEMIS

«Bitte Club Butterfly anfahren», steht in meinem Auftrag. Wenn ich mich nicht täusche, ist das ein Puff in der
Danziger Straße in Prenzlauer Berg. Und wirklich, da
stehen schon zwei Gestalten vor dem Etablissement und
warten auf mich und meine Dienste.

«Can I smoke?», beginnt der, der hinten einsteigt, den
munteren Reigen unserer Konversation.

Natürlich nicht! Denn wie wir ja alle wissen, sind seit
über einem Jahr alle Taxen rauchfrei. Ich erlaube es ihm.
Aber schön die Scheibe runterkurbeln!

Vorne zu mir setzt sich ein schräger Typ mit blondem
Lockenkopf und großem Schnäuzer, sein Hemd ist un-
modern und ziemlich weit aufgeknöpft. Der Raucher
hinten trägt eine schwarze Lederjacke und seine Haare
sind mit Pomade zurückgegelt. Da hab' ich mir ja zwei
Vögel ins Taxi geholt! Die beiden sind total betrunken.
Abgefüllt bis Oberkante Unterlippe.

In sehr schlechtem Englisch versucht mir mein Ne-
benmann in etwa Folgendes mitzuteilen: Sie seien aus
Finnland, allerdings sei sein Freund aus Norwegen zu-
gewandert. Dieser hat heute Geburtstag und zur Feier
des Tages lädt er ihn deswegen in den Puff ein. Das
Butterfly hat nur für das Geburtstagskind den erhofften
Druckausgleich gebracht, dem vorne hat keine der ver-
fügbaren Damen gefallen, er will in ein anderes Etablissement. Ob ich was kennen würde?

Na also! Das musste ja endlich mal passieren. In meinen Augen leuchten die Dollarzeichen und in meinen Ohren wabert das Wort *Provision*. Vierzig Euro pro finnischer Nase!

Allein, ich habe keinen Plan, wo hier noch ein Puff in der Nähe ist. Ich hätte mich definitiv damit beschäftigen müssen. Jetzt, wo es drauf ankommt und wirklich mal einer in den Puff will, kenne ich keinen. Was bin ich bloß für ein Nachtfahrer? Unprofessionell ist das! Mir fällt nur das Artemis ein, aber das ist einmal quer durch die halbe Stadt.

Ob es okay wäre, wenn die Fahrt ein bisschen länger dauert, frage ich die beiden.

«No problem.»

Der Lockenkopf neben mir schläft immer wieder ein, obwohl wir die Tour ja nur wegen ihm machen. Das Geburtstagskind hinten hatte schon seinen Spaß mit Natascha aus der Ukraine, wie er mir erzählt. Deswegen hat er wohl den Alkohol schon besser abgebaut und ist fitter. Er möchte jetzt gerne wissen, was «I want to fuck with you» auf deutsch heißt.

«Ich möchte dich heftig am Popo streicheln», erlaube ich mir einen kleinen Spaß.

Egal was ich ihm erzähle, er kann es sich doch sowieso nicht merken.

Ich bekomme auf der Fahrt so meine Zweifel, ob das Artemis das Richtige ist für die beiden. Das ist so ein schicker, teurer Laden in Halensee mit Schwimmbecken und Sauna, da tauscht man seine Klamotten am Eingang gegen einen Bademantel ein. Habe ich zumindest gehört, ich war noch nie drin. Dieses Freudenhaus steht in jedem Reiseführer, da kommen bedürftige Männer aus der ganzen Welt hin. Na, warum nicht auch meine beiden Finnen?

Während wir den Kurfürstendamm runterfahren, stelle ich mir vor, wie eklig es sein muss, dermaßen betrunkenen Männern Liebesdienste zu erweisen. Nein, ich stelle es mir lieber nicht vor. Der Unbefriedigte vorne pennt, das Geburtstagskind schweigt vor sich hin. Ich hätte die beiden auch in die nächste Kneipe fahren können, das wäre billiger gewesen. Aber der Kunde ist doch schließlich König! Mein Gewissen windet sich wie eine Schlange im Weidenkorb. Wahrscheinlich wird man einfach korrupt in diesem Job.

Direkt an der Stadtautobahn A100 gelegen, gibt es nur eine einzige Zufahrt zum Artemis, nämlich über die Halenseestraße, die gleichzeitig der Autobahnzubringer ist. Wenn man plötzlich achtzig fahren darf, hat man die Zufahrt verpasst. Das ist hier aber auch eine hässliche Ecke von Berlin! An diesem unwirtlichen Ort würde man eher einen Schrottplatz vermuten. Ich verpasse die Einfahrt nicht und wir erreichen den Recyclinghof, wo aus den Resten meiner beiden Finnen hoffentlich wieder ganze Männer gemacht werden. Ich bezweifle es. Für mich heißt es jetzt: Premiere Artemis. Ich halte vor dem etwas protzigen Eingang. Das norwegische Geburtstagskind weckt seinen großzügigen Kumpel und die beiden torkeln zum Eingang. Na, dann wünsche ich noch viel Spaß! Diesmal gehe ich direkt mit, um mein Geld abzuholen. Ich warte, bis die beiden ihre Bademäntel bekommen haben und wende mich dann zielstrebig an die Dame vom Empfang.

«Guten Abend. Ich habe Ihnen die beiden Herren gebracht. Ich bin der Taxifahrer.»

«Und wie kann ich dir helfen, Süßer?», fragt die Lady mit professionellem Lächeln.

«Nun ja, ich dachte, da wäre eine Provision für mich drin.»

«Nee, das machen wir hier nicht. Haben wir nicht nötig, wir stehen ja in jedem Reiseführer!»

Gespräch beendet. Bedröppelt und unentschlossen stehe ich da, bis sie mir ebenfalls einen Bademantel anbietet.

«Vielen Dank, sehr lieb von Ihnen, aber ich muss noch ein bisschen arbeiten heute Nacht.»

Dass ich mir schon den Eintritt nicht leisten könnte, behalte ich für mich.

Ich verlasse den etwas schwülen Ort und trete draußen in die Kälte. Das hat ja prima geklappt!

Und jetzt? Vor dem Artemis stehen definitiv genug Kollegen und warten auf befriedigte Fahrgäste. Ich beschließe, den Kurfürstendamm anzupeilen und vielleicht Winker aufzugreifen. Oder ich esse beim Bier's Imbiss einen Spieß mit Pommes.

Das muss genügen, um meine Fleischeslust für heute zu befriedigen.

PIG PARTY

Dieser Text ist für Jugendliche unter 18 Jahren nicht geeignet.

Am Ostkreuz in Friedrichshain steigen mir zwei Herren in den Wagen. Sie sind interessant angezogen: Der Eine ist komplett in Leder eingepackt, inklusive Ledermütze und Stiefeln, der Andere trägt eine Art Jogginganzug. Wollen die zu einer Mottoparty oder sowas? Die beiden nennen mir als Fahrtziel die Alte Münze. Ob ich wisse, wo das ist? Aber selbstverständlich, die Alte Münze befindet sich in Mitte gegenüber vom Nicolaiviertel. Gelernt ist gelernt. Wir fahren los.

Ich erfahre, dass heute in der Alten Münze eine Veranstaltung stattfindet, wegen der meine beiden Jungs extra nach Berlin gekommen sind. Ob ich nicht auch mit reinkommen wolle? Ich sei doch wirklich schnuckelig. Ich verstehe: die beiden sind schwul und hätten mich gerne mit dabei. Bei was eigentlich? Der Ledermann drückt mir eine gelbe Plastikmünze in die Hand.

«Hier, damit kommst du rein.»

«Dankeschön die Herrschaften, aber ich muss leider noch ein bisschen arbeiten heute Nacht.»

«Schade. Aber vielleicht später, nach Feierabend? Du kannst es dir ja überlegen.»

Wir sind da und die beiden steigen aus. Ich betrachte die gelbe Plastikmünze in meiner Hand. In großen schwarzen Lettern steht dort **PIG**.

Ich komme ins Grübeln. Eine Veranstaltung mit Schweinen in der Alten Münze? Was hat das zu bedeuten? Ich denke nicht, dass hier junge Landwirte die besten Zuchtsäue prämieren. Wer würde sich denn selbst freiwillig als Schwein bezeichnen? Was passiert dort in dem schicken Laden? Meine Neugier ist geweckt.

Ich stelle mich hinten in die Schlange der Taxen, die vor der Alten Münze warten. Ich komme mit dem türkischen Fahrer vor mir ins Gespräch und frage ihn, ob er wisse, was heute hier stattfindet. Er grinst nur und zwinkert mit den Augen. Das weiß er auch nicht so genau, aber das sei mit Sicherheit nur für Erwachsene. Und nur für Männer. Gemeinsam beobachten wir den Eingang. Zwei äußerst imposante Riesen sind dort als Türsteher postiert. Sie tragen Sonnenbrillen und schicke Anzüge und prüfen mit geübtem Blick die neuen Gäste, die soeben aus einem Taxi steigen und rein wollen in den noblen Stall. Alle werden durchgelassen, sie konnten also offensichtlich die Plastikmünze vorweisen.

Da kommt ein Ledermann aus dem Eingang und steuert auf uns zu. Er geht an uns vorbei und strebt seinem Auto entgegen, das er auf dem breiten Mittelstreifen zwischen uns und dem Nicolaiviertel geparkt hat. Seine Lederhose ist hinten offen, man sieht seinen nackten Hintern. Ich bin baff. Der türkische Kollege grinst wieder. Das lässt aber auch Raum für Phantasien! Was sucht er da in seinem Auto? Seine Unterwäsche? Ist es ihm gar nicht peinlich, dass vorbeifahrende Autofahrer seinen nackten Arsch sehen, während er sich über den Kofferraum beugt? Ich erwähnte, dass es November ist und eiskalt?

Ich stelle mir Touristen vor, die eben aus Porta Westfalica mit dem Auto in die Stadt gefahren kommen, um morgen früh im Berliner Dom in den Gottesdienst zu gehen. Was müssen die über Berlin denken? Oder ist das nur der Spießer in mir?

Unser Ledermann hat das gefunden, was er gesucht hat. Er läuft jetzt zum zweiten Mal an uns vorbei und präsentiert uns sein nacktes Hinterteil. Ganz schön selbstbewusst, das muss man schon sagen. Mein türkischer Kollege zuckt mit den Achseln und steigt in seinen Mercedes. Jedem nach seiner Fasson. Berlin ist wirklich eine tolerante Stadt!

Von den anderen Kollegen ist noch keiner mit Fahrgästen weggekommen und so beschließe ich, zurück in den Friedrichshain zu fahren und vielleicht die ersten Nachtschwärmer aufzugreifen, die zu viel getrunken haben.

An der Taxihalte Wismarplatz treffe ich auf einen Kollegen aus meiner Firma. Nennen wir ihn Waldemar. Waldemar ist schon sehr lange Nachtfahrer und bekennend schwul. Ich berichte ihm von dem soeben Erlebten. Ihn beeindruckt das alles gar nicht. Ich stelle ihm die Fragen, die sich mir aufdrängen:

«Was machen die da in der Alten Münze? Was bedeutet der extravagante Kleidungsstil?»

«Es ist folgendermaßen», beginnt er seine Ausführungen, nachdem er sich einen Zigarillo angezündet hat,

«die mit den hinten offenen Lederhosen lassen sich in den Arsch ficken und die mit den Joggingklamotten lassen sich anpissen. Wenn du so einen ins Taxi kriegst, kann das echt unangenehm sein, der stinkt dann ordentlich. Man weiß ja nicht so genau, wie viele Männer den im Laufe des Abends angepisst haben.»

Ich verstehe. Das erklärt den Namen der Veranstaltung. Wer keine Schweinereien im Kopf hat, ist auf der

Pig Party falsch. Ich gestehe, dass ich geschockt bin. Ungerührt fährt Waldemar fort:

«Ich finde anpissen schon okay. Aber ich würde mich danach nicht unbedingt ins Taxi setzen. Anders als diese Kundschaft dort, die lassen sich nach Schöneberg in die Motzstraße fahren und von dort geht es dann mit anderen Männern wieder zurück. Das kannst du die ganze Nacht machen! Ich bin jetzt hier Erster, sonst würde ich selbst hinfahren. Ich empfehle dir, dich dort hinzustellen.»

Schon wird er zu seinem Auftrag gerufen. Von erfahrenen Kollegen muss man lernen und ich will ja Geld verdienen. Ich fahre zurück zur Alten Münze.

Ich bin von diesem Gespräch verstört. Wollte ich dieses intime Detail wirklich von einem Kollegen wissen?

Schon stehe ich zum zweiten Mal vor dem exklusiven Schweinestall. Mein türkischer Kollege von vorhin bekommt gerade Fahrgäste. Einer trägt Joggingsachen. Zu spät, ihn vorzuwarnen. (Werter geneigter Leser / Hörer! An dieser Stelle habe ich etwas geflunkert. So war das nicht. Aber es hat sich aus theatralischen Gründen so schön angeboten.)

Der türkische Kollege ist schon weg. Ich habe kaum Zeit, eine Zigarette zu rauchen, schon steuern zwei Fahrgäste auf mich zu. Lederfraktion, Glück gehabt. Und die Hosen scheinen hinten geschlossen zu sein. Sie wollen nach Schöneberg zu Tom's Bar. Waldemar hatte also Recht. Meine beiden Ledermänner sind freundlich und entspannt, sie waren vor der Fahrt offensichtlich noch pullern. Selbstverständlich werde ich angebaggert. Schwule baggern mich im Taxi grundsätzlich an. Wenn aber keine entsprechende Resonanz kommt, wird das immer akzeptiert. Ich bin noch nie unangenehm belästigt worden von schwulen Männern. Sie sind wirklich großzügig, was das Trinkgeld angeht. Und sie fahren die ganze Zeit Taxi. Ein großes Dankeschön einmal an die Community an dieser Stelle: Ohne Euch könnten die Berliner Taxifahrer einpacken!

Auch meine beiden Ledermänner sind großzügig, als wir in der Motzstraße angekommen sind. Tom's Bar in Schöneberg ist ein stadtbekannter Treff für die Herrschaften vom anderen Ufer und muss sogar für die Taxiprüfung als Objekt gelernt werden. (Wenn Sie sich mal nicht sicher sind, ob sie einen echten Taxifahrer vor sich haben, dann fragen Sie ihn nach Tom's Bar. Zuckt er nur mit den Schultern, hat sein Zwillingsbruder den Taxischein.)

Ich stelle mich zu den Kollegen, die vor der Bar auf Fahrgäste warten. Ob es wohl gleich wieder zurück geht zur Pig Party?

Aber es kommt alles ganz anders.

Eine knappe halbe Stunde später steigen drei Fahrgäste in meine Karosse. Zwei schon etwas ältere Herren und ein Knabe von vielleicht zwanzig Jahren. Alle setzen sich räumlich getrennt voneinander, der Eine zu mir nach vorne, sein Partner nimmt hinter mir Platz, der junge Mann auf der gegenüberliegenden Seite. Das Paar möchte zu der gemeinsamen Wohnung nach Neukölln und es hat sich etwas zum Vernaschen mitgenommen. Während die liierten Männer leise einen banalen Smalltalk halten, redet das Bonbon die ganze Fahrt über kein einziges Wort. Vielleicht versteht der Jüngling auch einfach nichts? Einsam sitzt er dort und schaut aus dem Fenster. Es herrscht eine Atmosphäre der Geilheit im

Auto, die kaum in Worte zu fassen ist. Das in die Jahre gekommene schwule Paar gönnt sich heute mal einen Lustsklaven. Aber der junge Mann wird nicht vorher angefasst, da sind sich die beiden einig. Ausgepackt wird das Präsent erst später. Das nennt man dann wohl Vorfreude.

Wir sind da und die drei entschwinden zügig in einem gründerzeitlichen Altbau.

Was treiben die jetzt da oben mit dem armen Kerl? Ich kann es mir in etwa vorstellen. Private Pig Party. Er tut mir plötzlich leid. Obwohl er wahrscheinlich deutlich besser verdient als ich.

Nach der Schicht liege ich neben Lieselotte im Bett und finde keinen Schlaf. Sie ist aufgewacht und merkt sofort, wie verstört ich bin. Ich erzähle ihr von meiner Nacht und zeige ihr die gelbe Plastikmünze.

«Ich bin die ganze Zeit von Männern angebaggert worden. Ich sollte zu dieser Party mitkommen. Ich fühle mich wie ein Dorftrottel, der zum ersten Mal in die große Stadt kommt und von Tuten und Blasen keine Ahnung hat.»

Verschlafen fragt sie mich, was ich denn eigentlich erwarten würde, wenn ich in Berlin in der Samstagnacht Taxi fahre?

Gute Frage. Auf die ich keine Antwort habe. Nunmehr hellwach fährt sie fort:

«So ist das eben, diese Dinge passieren und manches will man gar nicht so genau wissen. Und warum soll es Prostitution nicht auch unter Männern geben? Wenn alte geile Säcke sich junge Frauen kaufen, finden das alle ganz normal. Typisch Patriarchat!»

Ihre emanzipierte Einstellung morgens um halb sieben beeindruckt und überfordert mich gleichzeitig. Ich nicke ein.

Im Traum stehe ich auf einer blühenden Wiese. Ich bin ein kleines Gänseblümchen im warmen Sommerwind. Über mir steht Liesel, mein Lieblingsschaf und passt auf mich auf. Da öffnet sich plötzlich irgendwo ein Gatter, man hört wildes Getrampel und schon sieht man sie: Eine ganze Horde wildgewordener Schweine prescht auf uns zu. Liesel flüchtet panisch. Ich bin allein und werde in den Boden gestampft. Das ist das Ende!

Schweißgebadet wache ich auf. Ich nehme mir fest vor, gleich morgen über einen neuen Job nachzudenken.

Vielleicht irgendwas mit Tieren. Oder Blumen.

SILVESTER

Dann endlich Silvester, die Klimax des Jahres,
der lange Orgasmus des Taxifahrers.
Ich lasse sie stehen, ganz nach Belieben,
denn heut' erlaube ich mir auszusieben.
Das Geld ist im Sack – zackzack!

Diese Zeilen stammen aus einem Song, den ich mal geschrieben habe. Er wurde nie irgendwo gespielt, geschweige denn aufgenommen. Er existiert nur in meinem Kopf. Ich nenne ihn den *Taxifahrerblues*. Denn wenn ich diesem Gewerbe eine Musikrichtung zuordnen müsste, so kann das nur der Blues sein. Ein einziger langer Klagegesang, dieser Job.

Mein Buch wäre unvollständig ohne eine Geschichte über Silvester. Dieses Fest wurde auch für uns Taxifahrer erfunden, nie ist der Verdienst höher als in der Silvesternacht. Man muss allerdings bereit sein, Feiernde mit einem bunten Drogencocktail zu ertragen und selbst völlig nüchtern zu sein. Und Freude am Fahren unter bürgerkriegsähnlichen Bedingungen haben.

Bereits Anfang November reserviere ich mir einen Wagen für das Jahresende, inklusive zwei Stunden Verlängerung in den Neujahrstag hinein. Spätestens um acht Uhr morgens muss ich das Taxi dem Tagfahrer übergeben.

Eine Vierzehn-Stunden-Schicht liegt also vor mir, als ich das Taxischild, die *Fackel*, um achtzehn Uhr aufs Dach schraube. Ich habe vor, um null Uhr bei Freunden in Prenzlauer Berg zu sein, eine Pause zu machen, wenn es ringsherum knallt. Mit einer Tasse Kaffee anzustoßen, auf dass ich wenigstens einen Hauch vom Feiern mitbekomme. So lautet jedenfalls mein Plan.

Und es läuft auch wirklich gut. Funkaufträge, Winker überall. Ich arbeite ohne Pause. Ab elf Uhr versuche ich so langsam, in Richtung Prenzlauer Berg zu kommen. Allein, es gelingt mir nicht. Die Fahrgäste wollen partout in andere Himmelsrichtungen. Nach jeder Tour überlege ich, die Fackel endlich auszumachen und zielgerichtet zu meinen Freunden zu fahren.

Gut, die beiden Typen da nehme ich noch mit. Inzwischen ist es zehn vor zwölf, ich bin am Ostkreuz in Friedrichshain.

«Wo darf es denn hingehen? Ich schlage den Prenzlauer Berg vor.»

Sehr optimistisch.

«Wir wollen nach Oberschöneweide.»

Falsche Richtung. Aber sie sitzen drin und ich bin der Dienstleister.

Sie wollen in Schöneweide etwas abholen und dann zurück in den Friedrichshain. Wenigstens eine gute Tour. Um null Uhr mit Freunden anzustoßen, kann ich allerdings vergessen.

Was sie wohl abholen wollen um diese Uhrzeit? Ich tippe auf Koks.

Punkt zwölf fahren wir in Oberschöneweide in eine kleine Einbahnstraße hinein. Was für ein Fehler! Wir sind mittendrin, als wirklich der komplette Kiez auf der Straße steht und zündelt, fackelt, ballert. Da müssen wir jetzt durch, es gibt kein Zurück.

Raketen werden vom Gehweg und den Balkonen abgefeuert, Batterien von Kanonenschlägen detonieren vor mir auf der Fahrbahn. Und dann erst diese neuartigen Raketenwerfer, die ungefähr die Größe eines Bierkastens haben. Früher gab es die noch nicht, oder? Direkt vor uns zündet ein Mann so ein Ding auf der Fahrbahn. Ich halte an und wir warten. Ich ärgere mich, dass ich die Jungs mitgenommen habe. Was mache ich hier? Das ist kein Spaß mehr. Nur widerwillig weichen die Passanten uns aus, ich fahre Schritttempo. Klar, die wollen feiern. Ist ja auch ihr gutes Recht. Die Raketenwerfer sind zu groß, um einfach drüber zu fahren, sie verkanten sich unter dem Auto. Ich muss zurücksetzen, aussteigen und sie aus dem Weg räumen.

Hier herrscht Ausnahmezustand. Einmal im Jahr lässt der Schöneweider die Sau raus. Ich dachte, die hätten hier kein Geld?

Endlich sind wir da. Einer der beiden Jungs steigt aus und verschwindet in einem Haus, sein Kollege bleibt hinten sitzen. Ich würde gerne eine Zigarette rauchen, traue mich aber nicht, auszusteigen. Alle beschmeißen sich hier gegenseitig mit Böllern. Ich habe gehört, die kämen aus Polen, wo es keine Beschränkung für den Gehalt an Schwarzpulver gibt. Unglaublich, wie laut die sind. Ich halte die Fenster geschlossen und rauche nicht. Hier herrscht Krieg. Ich hoffe nur, dass mich die Kriegsparteien nicht als Klassenfeind betrachten.

Mein Drogen holender Fahrgast bleibt eine gefühlte Ewigkeit verschwunden. Er wird sich vielleicht nicht einig mit dem Dealer über den Preis oder kostet den Stoff erstmal. Mit seinem Freund habe ich nicht viel zu reden, außer dass wir es beide scheiße finden, hier zu sein.

Endlich kommt der Einkäufer durch die feindlichen

Linien gelaufen und sucht volle Deckung bei uns im Auto. Er nennt das wertvolle Pülverchen sein Eigen und die beiden wollen jetzt zurück in die Revaler Straße im Friedrichshain. Wir einigen uns darauf, es klüger zu machen als vorhin und peilen sofort die Hauptstraße an. Dort ist die Fahrbahn mehr oder weniger frei, immerhin kann man Hindernissen besser ausweichen.

Wir sind jetzt fast da. Nur noch kurz über die Modersohnbrücke und dann links in die Revaler, fertig. Die zweite fatale Fehlentscheidung! Ich bereue es sofort, diesen Weg gewählt zu haben.

Die Modersohnbrücke: Im Sommer ist sie oft bevölkert von Partygängern, die sich dort den Sonnenuntergang anschauen, wahlweise auch den Sonnenaufgang. Portable Anlagen mit reichlich Watt liefern den Sound dazu. Der Blick gen Westen zeigt die Skyline der Stadt, mit dem Fernsehturm in der Mitte. In die entgegengesetzte Richtung schaut man auf die Großbaustelle vom Ostkreuz. Unten nicht etwa die Spree, sondern Bahngleise. Was für ein hässlicher Ort!

Die Brücke ist heute komplett okkupiert von Menschen, die dort feiern und Feuerwerk abbrennen, als gäbe es kein Morgen. Ich steuere den Mercedes mitten hinein. Schließlich darf man nicht einfach die Fahrbahn blockieren, auch wenn Silvester ist! Oder doch? Ich muss das nachher mal irgendwo nachschlagen. Unter den Rädern zersplittert Glas. Das Partyvolk findet es natürlich witzig, im Weg zu stehen und sich nicht zu rühren. Motto: heute gehört uns die Brücke. Reclaim the streets. Ich kann das ja verstehen, ich würde selbst gerne hier mit euch feiern, aber ich muss doch arbeiten. Hat denn keiner Verständnis für meine Situation? Ich bin so ein Idiot, hier durchzufahren. Ein Typ tut so, als ob ich ihn angefahren hätte und lässt sich auf die Motorhaube fallen, seine Kumpels grölen und hauen mir aufs Dach. Sie halten das für einen Riesenspaß. Ich bin total zerrüttet und bete, dass wir und das Auto dieses Inferno heil überstehen. Die letzten Brückenokkupierer treten widerstrebend zur Seite und wir sind durch. Ich entferne erstmal den Müll, den wir mitgeschleift haben und liefere meine Fahrgäste dann in der Revaler Straße ab. Sie überschlagen sich nicht gerade vor Dankbarkeit, dass ich sie heil durch diverse Kriegsgebiete gesteuert habe. *Das ist doch schließlich dein Job, oder?* Ich weiß schon, warum ich Kokser nicht besonders mag. Ich checke den Wagen und rauche eine Kippe. Scheint alles in Ordnung zu sein. Glück gehabt.

Ich mache die Fackel aus und fahre zielstrebig in den Prenzlauer Berg. In der Kollwitzstraße laufen zwei männliche Gestalten mitten auf der Fahrbahn. Ich bin jetzt fast da. Ich fahre langsam auf sie zu und hupe. Einer der beiden will mich provozieren und stellt sich mitten in den Weg. Ich habe so unglaubliche Lust, ihn umzunieten! Langsam fahre ich auf ihn zu. Er spürt, dass es mir ernst ist und weicht im allerletzten Augenblick noch aus. Er schreit mir hinterher.

Mein Gott, wie bin ich denn drauf? Höchste Zeit für eine Pause!

Ich parke den Wagen an der Taxihalte Knaackstraße, stecke das inzwischen ordentlich dicke Portemonnaie hinten in die Hose und schaue, was die Freunde machen. Nun stoße ich wirklich mit einer Tasse Kaffee gegen Sektgläser, gebe angebotene Joints einfach weiter und bin ganz schön durch.

Aber natürlich ist das erst die halbe Nacht gewesen.

Ich muss wieder los. Deswegen bin ich auch ganz froh, als mich ein Paar anspricht, ob ich sie und den elf Jahre alten Sohn vielleicht jetzt nach Karlshorst bringen könne. Perfekt! Wenig später brechen wir auf. Sie sind sehr nett und es stellt sich heraus, dass beide selbst lange Taxi gefahren sind. Wir unterhalten uns gut, bis wir auf ungefähr halber Strecke in der Boxhagener Straße im Friedrichshain an einer Straßensperre gestoppt werden. Irgendjemand hat eine rot-weiße Baustellenabsperrung quer auf die Fahrbahn gestellt. Wir entscheiden uns, sie aus dem Weg zu räumen, ich fahre rechts ran. Vor einer Kneipe stehen die Urheber der Straßenblockade, schauen uns zu und grölen. Auch eine Art zu feiern. Als wir weiterfahren, leuchtet am Armaturenbrett eine rote Schrift auf: Reifendruck kontrollieren! Die Elektrik der B-Klasse hat schon manches Mal gesponnen, so dass ich mich entscheide, diese Warnung zu ignorieren. Eine knappe Viertelstunde später sind wir in Karlshorst. Beim Befahren der kleinen Kopfsteinpflasterstraße merke ich, dass der Wagen seltsam rumpelt. Vor ihrem Haus ist eine Parklücke, die ich benutze. Der Elfjährige steigt aus und meldet:

«Der Reifen ist platt!»

Und wirklich, hinten rechts ist keine Luft mehr drin. Was für ein Glück, dass wir es überhaupt noch bis hierhin geschafft haben.

Scheiße! Was nun?

«Ich mache dir erstmal einen Kaffee», ruft die Mama beim Reingehen.

Sie verschwindet mit dem Jungen im Haus. Ihr Freund bleibt bei mir.

Wir sind beide top motiviert, an Ort und Stelle einen Reifenwechsel durchzuführen.

Allein, in der B-Klasse gibt es gar kein Reserverad, was uns nach längerem Suchen im Kofferraum bewusst wird.

Ich rufe auf dem Notfallhandy der Firma an.

«Du weißt doch, dass es in der B-Klasse kein Reserverad gibt, oder?», fragt Christian, der heute selbst Taxi fährt.

Ja, natürlich weiß ich das. Jetzt. Wirklich klasse, die B-Klasse! Wer braucht schon ein Reserverad?

«Es gibt da in einem Seitenfach eine kleine Pumpe, die schließt du am Zigarettenanzünder an. Versuch mal, den Reifen aufzupumpen und ruf dann noch mal an.»

Ich tue, wie mir geheißen. Das kleine Gerät schnurrt auch munter los und pumpt gewaltig. Leider kann man hören, wie die Luft genauso schnell wieder zischend entweicht. Jetzt sehen wir auch den Grund des Übels: Eine dicke Stahlschraube steckt im weichen Gummi. Die haben eine Straßensperre errichtet und offensichtlich gleichzeitig Schrauben und Nägel ausgestreut. Sehr professionell, das muss man ihnen lassen. Zweiter Anruf auf dem Notfallhandy.

«Da hast du Pech gehabt! Lass den Wagen stehen, nimm das Schild vom Dach und schick mir eine Sms, wo genau ich ihn morgen finden kann.»

Feierabend! Schon um halb drei und nicht erst um acht Uhr morgens.

Und leider in Karlshorst. JWD, wie der Berliner sagt. Janz weit draußen.

Ich habe das volle Mitgefühl von meinem Pärchen, auch als ehemalige Kollegen. Sie bitten mich in ihr

Haus. Er hat Bier im Kühlschrank, das er mir anbietet. Ich zögere, denn noch ist es nicht so richtig angekommen bei mir, dass die Silvesternachtschicht jetzt definitiv für mich beendet ist. Fünfhundert Euro wollte ich aufs Taxameter bekommen in dieser Nacht, die Hälfte ist mir gelungen.

Immerhin, denke ich nach dem ersten Bier. Kaffee ist jetzt kein Thema mehr. Sie sind wirklich sehr nett, ich bekomme noch ein zweites Bier angeboten. Diesmal ist die Entscheidung leichter. Wir trinken und plaudern, dann ist es Zeit für den Heimweg. Ich drehe mir eine Kippe und laufe los. Ich bin müde, aber voll entspannt. Es hätte schlimmer kommen können, die beiden haben mich sehr gut aufgefangen.

Ich will jetzt selbst ein Taxi. In der Silvesternacht um vier Uhr morgens, in dieser abgelegenen Ecke? Ein Ding der Unmöglichkeit! Egal, ich will ein Taxi. Manche Dinge müssen einfach sein.

An der Hauptstraße angekommen, sehe ich ein gelbes Taxischild leuchten. Es kommt genau auf mich zu. Ich winke. Der Fahrer hält an und lässt die Scheibe runter:

«Wo soll's denn hingehen?»

«Wieso?», frage ich.

«Ich fahre nicht mehr überall hin. Ich will Feierabend machen.»

«Ich will zum Prenzlauer Berg.»

«Perfekt, ich muss nach Pankow. Immer rein in die gute Stube!»

Manchmal braucht man eben auch Glück im Leben.

Mein Chauffeur ist ein netter, unaufgeregter Herr, der keine Lust mehr hat, sich noch länger die Nacht um die Ohren zu schlagen. Ich oute mich als Kollege und erzähle von meinem Pech. Zwei Bluesmusiker unter sich.

Auf der Danziger Straße schaltet er das Taxameter aus.

«Der Rest geht auf mich!»

«Das müssen Sie nicht tun», protestiere ich.

«Mache ich aber, keine Widerrede!»

Ich bin gerührt. Wenig später setzt er mich vor meiner Haustür ab. Geschafft!

Und wieder einmal hat es sich bestätigt:

Taxifahrer haben den Blues, auch an Silvester.

FEIERABEND

Sonntagfrüh halb fünf. Ich habe genug von Drogenopfern und unersättlichen Partygängern. Seit knapp elf Stunden bin ich jetzt mehr oder weniger in dieser Büchse. Ist das überhaupt erlaubt, so lange zu arbeiten? Ich bin völlig fertig, gleichzeitig total aufgeputscht von den vielen Tassen Kaffee, die ich die Nacht über getrunken habe. Wie macht man jetzt bloß adäquat Feierabend? Wie machen das denn die Anderen? Ich bin so aufgekratzt, dass an Schlafengehen nicht zu denken ist.

Meine letzte Tour hat mich zum Ostkreuz geführt. Schon bin ich drin in meinem *Lieblingsspäti* in der Neuen Bahnhofstraße. Das ist ein Laden, der rund um die Uhr geöffnet hat. Das machen die deswegen, weil sonst die ganze Zeit bei ihnen eingebrochen wird. Es ist also billiger, irgendeinen armen Kerl nachts für ein paar Kröten hinter den Tresen zu stellen, als ständig ein komplettes Sortiment Rauchwaren nachkaufen zu müssen. Oder was klaut man sonst in einem Spätverkauf? Das gut gekühlte Rothaus Pils kostet hier nur einen Euro für den halben Liter. Ich entscheide mich für drei Stück, das müsste langen. Der türkische Verkäufer schaut mich schräg an nach dem Motto: Na, du hast ja noch was vor um diese Uhrzeit. Nachdem ich nun das Land Baden-Württemberg finanziell unterstützt habe, fahre ich zurück in den Prenzlauer Berg, um den Wagen zu waschen und zu tanken. Das Auto muss immer vollgetankt dem nächsten Fahrer übergeben werden. Der Mercedes läuft auf Erdgas, was umweltfreundlich aber unpraktisch ist, denn es gibt verdammt wenige Tankstellen mit diesem sauberen Kraftstoff in der Hauptstadt. Eigentlich bin ich schon in direkter Nähe vom Abstellplatz. Diese zusätzlichen Kilometer sind so dumm, das kann doch nicht im Sinne der Umwelt sein! Überhaupt bin ich heute schon über dreihundert Kilometer durch Berlin gegurkt, davon vielleicht die Hälfte mit Fahrgästen. Die andere Hälfte sind völlig sinnlos verfahrene Meilen auf der Suche nach Winkern oder einem vermeintlich besseren Platz.

Meine Lieblingstankstelle in der Kniprodestraße wird um diese Uhrzeit von Taxifahrern bevölkert. Ich habe keine Lust, mit irgendwem zu reden. Es gibt nichts Schlimmeres als das Gesülze von frustrierten Kollegen morgens nach der Schicht. Ich bezahle für das Erdgas und eine Taxiwäsche, steige ins Auto und fahre in die Waschanlage. Einen Euro extra zahlt meine Firma ihren Fahrern für jede Autowäsche. Diesen klitzekleinen Obolus nehme ich heute mit.

Ich liebe Waschanlagen! Besonders solche, bei denen man während des Waschvorgangs im Auto sitzen bleiben kann. Während draußen das Inferno tobt, sitzt man trocken und behütet in seinem Kokon. Vorausgesetzt, man hat alle Fenster geschlossen.

Jetzt beginnt mein Feierabend, ich werde heute niemanden mehr zu Gesicht bekommen. Ich öffne mein erstes Bier und nehme einen tüchtigen Schluck. Ich drehe mir eine Kippe und versehe sie mit Zusatzstoffen. Der Waschgang ist beendet, das Tor öffnet sich und ich bin frei. Mein Ziel ist nur hundert Meter entfernt: der Parkplatz vom Lidl. Hier ist weit und breit keine Menschenseele. Ich öffne die Fahrertür und drehe die Musik auf. Harte E-Gitarren rasen mit einem Schlagzeug um die Wette. Serj Tankian, der Sänger von *System of a Down*, schreit und singt sich stellvertretend für mich die Seele aus dem Leib. Prost! Und *Bumm shakka* oder wie das heißt. Ah, das tut doch gut!

Ich bekomme plötzlich Gesellschaft. Zwei kleine Füchse sind direkt neben mir und ziehen sich Reste von irgendwelchen undefinierbaren Lebensmitteln rein. Die sonst eher scheuen Tiere haben nichts gegen mich und lauten *Metal* einzuwenden und ich freue mich über meine beiden Kumpane. Lebewesen, die keinen Lärm machen! Die mir nicht auf den Sack gehen, mich nicht vollquatschen, nichts von mir wollen!

Die Füchse und ich werden Freunde.

Ich schaue auf die Uhr: halb sechs. Höchste Zeit, das Auto abzustellen. Ich sage meinen kleinen Freunden auf Wiedersehen und wir verabreden uns für nächsten Sonntag am gleichen Ort.

Deutlich angeballert, aber sehr entspannt und gemütlich, fahre ich vom Lidl-Parkplatz, zwischen meinen Beinen das zweite geöffnete Bier. Die Sonne geht gerade auf. Lange geht das nicht mehr gut, fürchte ich. Irgendwann halten die mich an und dann ist Schicht im Schacht. Führerschein weg, Taxischein weg. Wahrscheinlich fordere ich mein Schicksal unbewusst sogar heraus.

Die Straßen sind wie ausgestorben und ich erreiche ohne Probleme den Abstellplatz im Wiesenweg in Lichtenberg. Jetzt noch schnell alle Fußmatten ausschütteln. Das ist auch so eine bescheuerte allerletzte Tätigkeit. Manchmal sprühe ich auch noch die Sitze mit Scheibenreiniger ein und wische sie mit Küchenrolle ab. Kommt drauf an, mit was die in der Nacht so alles in Kontakt gekommen sind. Jetzt den Wagen mit der Zentralverriegelung abschließen, Schlüssel ins Handschuhfach, Fahrertür zu.

Der eigentliche Feierabend beginnt. Nun heißt es Land gewinnen. Nicht, dass ich noch aus Versehen dem Tagfahrer begegne. Das geht jetzt gar nicht, so angebreitet wie ich bin. Am schlimmsten ist es, wenn man genau jetzt einen Kollegen aus der Firma trifft, der auch gerade abgestellt und noch Redebedarf hat. Dann holt man alles nach, was an der Tankstelle noch erfolgreich vermieden wurde. Doch heute treffe ich niemanden und erreiche den Ort meines Nachtlagers. Gefühlte hundert Stufen schleppe ich mich im Treppenhaus hoch, schließe die Tür auf und versuche, nicht in die Wohnung zu poltern, sondern geschmeidig hineinzugleiten. Klappt selten, ich muss es gestehen. Eigentlich müsste ich jetzt duschen, aber dazu habe ich meistens keinen Bock. Aber Füße waschen! Und die Hände, die ganz besonders. Ich habe mal irgendwo gelesen, dass insbesondere Münzgeld hübsch giftig sein soll. Ich meine nicht nur dreckig, sondern giftig. Der Euro mit seinen Cents schneidet wohl besonders schlecht ab bei solchen Untersuchungen. Wahrscheinlich lösen sich irgendwelche Schwermetalle aus der Legierung. Ich bin sowieso ein Euro-Hasser. Nüscht wert, aber giftig.

Meine Güte, mir geht aber auch ein Zeug durch den Kopf, während ich meine Fingernägel bürste! Jetzt noch die Zähne polieren und dann husch husch ins Körbchen. Obwohl, ich will noch weiter Bier trinken. Eins hab ich noch. Und ich habe noch zwei weitere im Kühlschrank gesichtet.

Lieselotte liegt friedlich schlafend in ihrem Bett. Manchmal beobachte ich sie, wie sie schläft. Meistens wacht sie auf und wir reden noch. Manchmal wacht sie erst auf, wenn ich schon länger neben ihr diverse Substanzen konsumiert habe. Manchmal passieren auch noch andere Dinge, die ich jetzt beschreiben könnte, wenn ich wollte. Will ich aber nicht. Ätsch! Kennt jemand noch das Wort *Privatsphäre* und weiß, was es bedeutet?

Egal wie, jetzt beginnt der tatsächliche und eigentliche Feierabend.

Wie viele Biere wohl heute wieder nötig sind, bevor ich hinübergleiten kann ins Nirwana eines dumpfen Schlafs?

Werter Leser, noch wach? Oder schon abgeschaltet?

Um das zu überprüfen, schreiben wir nun einen kleinen Test!

Doch, machen wir, da gibt es keine Diskussion!

Also Stift und Zettel holen und folgende Fragen schriftlich beantworten:

Frage eins:

Auf welche Art und Weise habe ich jahrelang finanziell das Land Baden-Württemberg unterstützt?

Frage zwei:

Wie viel Bier konnte ich nach dieser ausgewählten Nachtschicht maximal trinken?

Frage drei:

Aus welchen Gründen ziehe ich Füchse den meisten Fahrgästen vor?

Frage vier:

Ist Scheibenreiniger eigentlich für Autositze geeignet?

Zusatzfrage (nur für *Nerds*):

Aus welchem Land stammt Serj Tankian ursprünglich, was ist dort mal passiert und wird bis heute von einem anderen Land geleugnet?

Den hoffentlich richtig und leserlich ausgefüllten Zettel nunmehr in einen Umschlag stecken, ausreichend frankieren und an meinen Verlag schicken. Welcher das ist, weiß ich bis dato noch nicht. Einfach auf der Vorderseite des Buches nachschauen.

Und was gibt es zu gewinnen?
Erster Preis:
    Eine Stadtrundfahrt mit mir und Rothaus Pils in einem Taxi meiner Wahl. (Mit dir, Christian, als Fahrer. Als kleines Dankeschön dafür, dass du mir immer ein Auto in der Weserstraße gabst.)
Zweiter Preis:
    Das Sachbuch «Mit Füchsen reden» von Willi Worthold.
Trostpreis:
    Einen Gutschein von der Tankstelle Kniprodestraße über eine Autowäsche.
Der Preis für die richtig beantwortete Zusatzfrage:
    Ein Döner Kebab in einem türkischen Restaurant mit anschließender Diskussion.

Alle Preise werden freundlicherweise gestiftet von: siehe Buchvorderseite.
    Das Kennwort nicht vergessen! Es lautet *Feierabend*.

SCHICHT IM SCHACHT

Es ist soweit: Die letzte Schicht in meinem Leben als Taxifahrer!

Heute noch die Samstagnacht durchziehen und dann ist endgültig Schluss. Schicht im Schacht.

Ich habe mir vorgenommen, besonders nett zu den Fahrgästen zu sein. Unaufgefordert werde ich ihnen erzählen, dass dies mein letzter Arbeitstag ist. Man wird mich beglückwünschen und mein Trinkgeld wird horrend sein.

Und dann die letzte Personenbeförderung: In ungewohnt altruistischen Phantasien male ich mir aus, dass ich das Taxameter gar nicht erst einschalte und am Ende dem verdutzten Fahrgast mitteile, dass er sich eingeladen fühlen darf...

Wie naiv von mir. Nichts dergleichen geschieht.

Ich habe noch einmal viel Zeit zum Nachdenken in dieser Nacht, während ich stehe und warte. Wie viel Lebenszeit habe ich wohl an irgendwelchen Taxihalten in Berlin verbracht?

Mein Chef ist nicht begeistert, dass ich gekündigt habe. Er muss mich jetzt ersetzen. Die Firma braucht ständig neue Fahrer, denn es hören die ganze Zeit Kollegen auf. Das sind die, die den unglaublich stressigen Alltag im Taxi nicht aushalten.

Eine Begebenheit fällt mir ein, während ich an der Knaackhalte stehe (auch so ein Ort der unbezahlten Arbeitszeit): Ich suche mein Auto eines schönen Abends in der Kollwitzstraße. Die Tagfahrerin macht gerade den

Motor aus. Im nächsten Augenblick stößt sie ihren Kopf mit einiger Wucht gegen das Lenkrad und beginnt hemmungslos zu weinen. Ziemlich verstört setze ich mich auf eine Bank, bis sie das Auto zumacht und weggeht. Was ist da los? Nichts besonderes, schätze ich. Nur der ganz normale, alltägliche Wahnsinn mit einer Rushhour morgens, einer lähmenden toten Zeit mittags und der nicht enden wollenden Hauptverkehrszeit nachmittags, wo es alle Fahrgäste unglaublich eilig haben und die Straßen gleichzeitig total verstopft sind. Endergebnis: siehe oben.

Ich bin wieder unterwegs, stehe gerade mit Fahrgästen an der Ampel Danziger, Ecke Greifswalder Straße. Genau an dieser Stelle sind mir mal fünf unbefriedigte Männer ins Taxi gestiegen. Der Typ vorne hat den schwarzen Peter gezogen und entscheidet, dass es nach Hause gehen soll und nicht in eine Tittenbar oder in den Puff, wie es seine Kumpels gerne hätten. Sie müssen ins Umland, irgendwo hinter Berlin Buch und meine Strecke gefällt ihnen nicht. Sie fühlen sich verarscht und machen so einen Stress, dass mir in einer dunklen Nebenstraße der Kragen platzt und ich alle fünf kurzerhand vor die Tür setze. Aber ich will mein Geld bis hierher, was die Herren natürlich nicht einsehen. Schon stehe ich dem schwarzen Peter gegenüber und wir schreien uns an. Ich kann nicht sagen, was die Prügelei verhindert. Mein Schutzengel wahrscheinlich. Ich muss ohne mein Geld fahren.

Überhaupt ärgert man sich die ganze Zeit in diesem Job. Eine Kollegin von mir hat mal ins Lenkrad gebissen vor lauter Wut. Eines ist das mit Sicherheit: sehr unhygienisch.

Mein Chef hat gesagt, beim Taxifahren lernt man sich selbst kennen. Ich habe oft über diesen Satz nachgedacht, bin aber meistens nur mit meinen Abgründen konfrontiert worden. Die Frage ist, ob man das braucht.

Dies ist meine letzte Nacht im Taxi und meine persönliche Abrechnung. (Ein Gruß an dieser Stelle an alle ehemaligen Kollegen, die heute noch fahren. Ihr könnt das Buch jetzt weglegen. Oder an die Wand klatschen. Aber bitte Vorsicht, wenn ihr ein E-Book in der Hand habt. Es tut mir leid. Für euch.)

Und wieder stehe ich, jetzt am Hauptbahnhof. So viele Stunden habe ich hier verbracht. Eine Erinnerung verbindet mich für immer mit diesem Ort:

Ich stehe um die Mittagszeit in einer endlosen Schlange von Taxen. Ich tue nichts. Ich denke nichts. Ich bin völlig desolat vom Warten. Ich weiß nicht, wie lange ich hier schon stehe. Ich habe so gut wie nichts verdient bisher. Das ist so sinnlos alles! Da ertönen im Radio die ersten Takte dieses weltberühmten Duetts von Peter Gabriel und Kate Bush. Hundert Mal habe ich den Song schon gehört, aber heute erwischt er mich. Und während Kate Bush den Refrain in mein Ohr haucht, brechen bei mir alle Dämme. *Don't give up!* Ich heule wie ein Schlosshund, ich kann einfach nicht anders. Dieser Song wurde nur für mich und genau diesen Augenblick geschrieben. Die Kollegen um mich herum sind mir so egal. Jeder ist sowieso für sich allein in diesem Job. *Don't give up!*

Irgendwann ist auch in dieser letzten Nacht die Zeit des Wartens vorbei. Es kommt die Uhrzeit, ab der die Leute winken und entweder nach Hause wollen oder zu einem anderen Club. Man fährt dann *auf Winker,* wie es im Taxijargon heißt. Meine Schicht nähert sich ihrem Ende.

Ich fahre gerade Partyvolk zum Sisyphos, ein angesagter Club in Rummelsburg. Vom Nachbargrundstück habe ich mal Nazis abgeholt, fällt mir gerade wieder ein:

«Mit großem Hund» steht als Zusatz im Auftrag. Da ich kein Problem mit Hunden habe, fahre ich hin. Zwei Typen sitzen mit Bier vor einem Lagerfeuer und kommen herangeschlendert. Los geht es ohne großen Hund. Ich frage nach. Die Antwort lautet, dass sie mit diesem Zusatz auf keinen Fall einen *Kanaken* als Taxifahrer bekommen. Sie arbeiten als Türsteher vor einem Konzertsaal und ihre Fahrtrichtungsangaben sind hörenswert:

«Da vorne geht es rechts und da hinten dann das andere Rechts.»

Sie meinen links, wollen aber das böse Wort nicht in den Mund nehmen. Ich überlege die ganze Fahrt, ob ich sie nicht einfach rausschmeiße. Würde nicht gut für mich ausgehen, da bin ich mir sicher. Jetzt kann ich es endlich sagen: Ihr ward die größten Arschgeigen, die ich jemals im Taxi hatte!

Doch ich schweife ab. Denn schließlich soll es hier um die letzte Nachtschicht gehen.

Die Sache ist nur die: Es passiert überhaupt nichts Besonderes in dieser Nacht. Es ist alles reine Routine aus besoffenen Fahrgästen und Drogenopfern.

Und der allerletzte Fahrgast?

Ein junger Mann lässt sich morgens um fünf zum Flughafen Tegel bringen. Er ist hundemüde und wir reden die ganze Fahrt über kein einziges Wort. Besonders sympathisch ist er mir auch nicht. Ich kassiere ganz normal am Ende und das Trinkgeld ist schmal.

Da war sie nun, meine letzte Tour. Es wird gerade hell, als ich den Saatwinkler Damm runterfahre. Es ist vorbei. Ich atme drei Mal tief durch und mache endgültig die Fackel aus. Ich nehme keinen mehr mit, nie wieder. Unfassbar!

Bin ich glücklich, bin ich euphorisch? Nein, bin ich nicht. Nur erschöpft und leer.

Das wird dauern, diese fünfeinhalb Jahre zu verarbeiten, wird mir klar, während ich zum letzten Mal die Fußmatten ausschüttele.

Ich muss mein Buch schreiben. Aus therapeutischen Gründen. Gleich morgen fange ich damit an.

Das kann doch nicht so schwer sein!

Ein Pärchen steigt zu mir ins Taxi. Er setzt sich vorne zu mir, sie nach hinten. Die beiden sind locker und witzig, sie sind mir sofort sympathisch.

Unser Fahrtziel ist sehr weit entfernt. Ich meine so richtig, richtig weit weg.

Hier ist sie, die Supertour!

Wir fahren los und quasseln alle drei munter durcheinander. Es ist ein schöner Sommerabend, die Sonne scheint noch und alles ist in dieses warme Licht getaucht. Ach, das Leben ist doch einfach wunderbar und lebenswert!

Leider habe ich übersehen, das Taxameter einzuschalten. Wie dumm von mir!

Ich drücke auf den roten Knopf und ab jetzt zählt jeder Meter für mich.

Wir reden über den besten Weg. Irgendwie müssen wir am Flughafen Tegel vorbei, soviel ist mir klar. Wie es danach weitergehen soll, ist mir allerdings völlig schleierhaft. Ich muss unbedingt noch mal in Ruhe auf die Karte gucken.

Aber jetzt fahren wir erstmal.

Die beiden wollen einen Zwischenstopp bei der Kita ihrer Tochter einlegen.

Ob ich nicht das Taxi irgendwo abstellen und mit reinkommen wolle? Das würde etwas dauern, das Taxameter könne gerne weiterlaufen.

Was habe ich doch heute für ein Glück! Eine megalange Tour, die jetzt noch durch eine ausgiebige, bezahlte

Wartezeit gekrönt wird.

Ich finde einen Parkplatz und lasse die Uhr laufen. Wir steigen aus und gehen gemeinsam zu der Einrichtung, in der sie ihre Tochter untergebracht haben. Diese liegt im Untergeschoss eines gründerzeitlichen Altbaus, es geht sieben oder acht Stufen in den Keller runter. Mein Pärchen verschwindet in einem Nebenraum, um die Tochter zu holen.

Hier ist es sehr still. Wo sind eigentlich alle? Müsste man nicht ein paar Kinder schreien hören? Obwohl, es ist ja schon spät am Tag und alle sind wahrscheinlich längst weg.

Ich beschließe, schon mal das Taxi ranzuholen und vor der Tür zu warten.

Ich steige die Stufen empor und blicke auf die Straße. Wo genau habe ich eigentlich vorhin geparkt? Ich kann mich nicht erinnern und sehe das Taxischild auch nirgends. Ich entscheide mich für eine Richtung und suche den elfenbeinfarbenen Wagen. Allein, ich kann ihn nicht entdecken. Habe ich mich vielleicht aus Versehen vor eine Einfahrt gestellt und bin abgeschleppt worden?

Plötzlich treffe ich überraschenderweise Sarah. So ein Zufall!

Sie umarmt mich und fragt:

«Papa, was machst du denn hier, in dieser Gegend?»

Ich erzähle ihr die Geschichte von der Supertour und dass ich den geparkten Wagen jetzt nicht mehr finde.

«Du fährst wieder Taxi? Wie kommt das denn?», will sie wissen.

Ich habe ihr damals versichert, nie wieder diesen gefährlichen Job zu machen.

«Da reden wir nachher drüber. Jetzt hilf mir erstmal,

das Auto zu finden. Es muss doch hier irgendwo sein!»

Gemeinsam suchen wir weiter. Ich bin jetzt richtig in Panik. Denn was macht mein freundliches Pärchen wohl, wenn es in diesem Augenblick aus der Kita kommt und den Taxifahrer nirgends entdecken kann? Ich muss mich beeilen, sonst sind die weg.

Endlich sehe ich den Wagen. Er steht etwas versteckt hinter einem Schuppen. Ich kann mich beim besten Willen nicht daran erinnern, hier vorhin geparkt zu haben.

Es sind schon vierundachtzig Euro auf dem Taxameter. Wenn ich mein Pärchen jetzt nicht mehr erwische, wer soll das dann bezahlen? Wo war denn jetzt noch mal diese Kita? Ich kurve durch die Gegend und sehe auch Sarah nicht mehr. Ob sie sauer auf mich ist? Es war vielleicht ein Fehler, ihr zu verschweigen, dass ich wieder Taxi fahre.

Endlich finde ich das Haus mit der Kita im Keller. Weit und breit ist niemand zu sehen. Die Tür ist verschlossen. Keiner mehr da.

Ich suche meine Fahrgäste überall. Das Taxameter läuft und läuft. Ich sehe überhaupt keine Menschenseele auf der Straße. Wo sind denn bloß alle?

Wo bin ich? Wo ist das Taxi?

Der Platz neben mir im Bett ist leer. Ich bin allein.

Niemand da, der mir versichern könnte, dass das alles nur ein Traum war.

Ein Traum, den ich in unterschiedlichen Variationen immer wieder habe. Ich sitze in der Büchse und frage mich: Was zum Teufel mache ich hier? Ich hatte mir doch geschworen, nicht mehr zu fahren. Also warum sitze ich jetzt wieder hinter dem Steuer eines Taxis? Und wirklich alles läuft schief in diesen Träumen: Das Taxameter zeigt tausend Euro beim Einschalten oder gar nichts. Ich verfahre mich in einer fremden Stadt. Die Fahrgäste hauen ab, ohne zu bezahlen.

Ich verstehe das als Warnung. Lange genug habe ich meinen Schutzengel strapaziert.

Ich gelobe es hiermit feierlich: Nie wieder werde ich in diese Blechbüchse steigen. Nie wieder!

Und wenn doch, dann nur hinten. Und ich werde freundlich sein zu dem Herrn Taxifahrer. Und sehr höflich. Und sein Trinkgeld wird fürstlich sein!

NACHWORT UND DANKE

Ich sehe schon, werter Leser, Sie haben immer noch nicht genug. Wollen noch mehr fürs Geld. Oder hoffen Sie, dass ich Sie in der Danksagung bedenke? Vielleicht hoffen Sie ja insgeheim, ich möge das Steuer nochmal rumreißen und für etwas Heiterkeit sorgen? War ja ganz schön bitter, das Ende. Fanden Sie nicht?

Aber so ist das mit dem Taxifahren: Die ganze Zeit ist man unterwegs und am Ende führt es doch zu nichts.

Würden Sie dieses Buch jemandem schenken? Es weiterempfehlen? Wenn dem so ist, dann möchte ich mich an dieser Stelle auf das Herzlichste bei Ihnen bedanken. Nur zu!

Und jetzt zu allen Anderen:

Ich danke den Gästen des *Schokoladens*, die sich einen Teil der Texte in einem sehr rohen Stadium anhören mussten. Ihr ward sehr freundlich zu mir. Ich danke Dieter, der mich immer aufgefordert hat, neue Taxigeschichten zu schreiben und vorzutragen. Ob halbgar oder nicht, egal. *Ohne Proben ganz nach oben!*

Ich danke Peter, der mir sehr bei *Prominenz* geholfen hat; Frank, der sich *Pig Party* anhören musste.

Danke an Judith. Du hast in einem Affenzahn das Manuskript überflogen, dich köstlich amüsiert und mich ermuntert, dranzubleiben, da du für das fertige Buch *vielleicht sogar Geld ausgeben* würdest. Jetzt wäre es möglich!

Einen großen Dank an Anja. Du bist, ehrlich gesagt, die Einzige gewesen, die das fertige Manuskript jemals am Stück gelesen hat. Dein Feedback hat mir sehr gutgetan und mir die Kraft gegeben, weiterzumachen und nicht aufzugeben.

Ich rede hier von der Verlagssuche. Wer jemals versucht hat, ein Buch zu veröffentlichen, der weiß genau, wovon ich spreche. Für alle Anderen: Es ist vollkommen frustrierend. Ich bin jedenfalls enttäuscht von der Verlagswelt. Die brauchen gar nicht mehr anzuklopfen bei mir, wenn sie mitbekommen, dass mein Buch sich verkauft wie die lauwarmen Burger bei McDonald's. (Allerhöchstens noch der Rowohlt Verlag, da könnte ich mich erweichen lassen. Von euch kam die einzige persönliche Absage, wenn auch nur per Mail, aber immerhin: *Ein sympathisches Projekt, aber leider…*)

Ich danke meinen Eltern, die sich die Geschichten beim Kaffeetrinken vorgelesen haben. Obwohl sie es nie gut fanden, dass ich Taxi fahre. Natürlich nicht, denn alle vernünftigen Eltern sollten ihren Kindern dringend von diesem gefährlichen Job abraten! Kleiner Appell an die nächste Generation: Lasst es. Es lohnt nicht mehr, sich noch für diesen Beruf zu erwärmen, denn das zweitälteste Gewerbe der Welt stirbt aus. Demnächst nur noch ohne den lästigen, schlecht gelaunten oder übertrieben redseligen Herrn Taxifahrer! Wartet nur, bis euch eine Computerstimme auffordert, die Kippe auszumachen und gefälligst draußen zu saufen! Mit mir konnte man immer diskutieren, aber macht das mal mit der kalten Technik!

Sie finden, ich übertreibe? Ist irgend jemandem aufgefallen, dass kaum noch Taxen unterwegs sind? Nein? Man muss kein Hellseher sein, um zu erahnen, dass am Ende nur die ganz großen Player übrig bleiben werden.

Ich denke nicht, dass meine Firma darunter sein wird. Und das ist keine kleine Klitsche, sondern ein gesundes Unternehmen mit achtzig Fahrern. Kleiner Gruß an dieser Stelle an alle Kollegen bei MC! Und ganz besonders an Christian. Du bist überqualifiziert! Und natürlich an meinen ehemaligen Chef Kater Karlo. Du hast mich immer protegiert. Ich hoffe sehr, dass ihr die Krise überleben werdet. Ansonsten bleibt nur Uber übrig. Weil die einfach zu viel Kapital haben. An dieser Stelle ein herzhaftes *Fuck you, Uber!* (Schulung, Ortskundeprüfung, P-Schein, schonmal was davon gehört?)

Gerade bricht leichte Panik in mir aus: Wann läuft bloß mein P-Schein ab? Gott sei Dank erst im April 2022! (Das sollte man immer im Blick haben, denn alle fünf Jahre stellt sich wieder die große Frage: den Personenbeförderungsschein verlängern oder nicht? Zum Glück habe ich noch genau ein Jahr Zeit, die Entscheidung aufzuschieben.)

Ein großer Dank gilt meinem Onkel Dietrich. Deine Tipps waren wie Hühnersuppe für meine Seele. Zwinkersmiley.

Ich danke meinen Freunden, dass sie sich über Jahre immer wieder geduldig angehört haben, dass ich jetzt aber definitiv mein Taxibuch veröffentliche. Gernot und Daniel zum Beispiel. An dieser Stelle bitte ich alle anderen, denen ich damit auf den Keks gegangen bin, sich hier und jetzt bedacht zu fühlen.

Ein riesengroßes Dankeschön an meine beiden Zeichner Maren und Marian. Ihr ward wie Gerhard Seyfried und Ziska für mich. (Flucht aus Berlin, kennt das noch jemand? Wenn nein, unbedingt googeln und kaufen!)

Danke Wolli, für das Grafik-Design und Layout, das

zu einer Suche nach dem Fehlerteufel ausgeartet ist.

Danke Luna, denn du hast die Idee gehabt, Maren an Bord zu holen. Und du hast deiner spanischen Freundin Leyre einzelne Geschichten vorgelesen. Ich bin mir nicht sicher, wie viel sie verstanden hat, auf jeden Fall war ihre Aufforderung Schuld daran, dass ich das Buch endlich fertig geschrieben habe. Danke dafür, Leyre! (Dein Freundschaftsbändchen mit den Farben der spanischen Flagge hängt in meiner Küche.)

Danke Lina, dass du deine Doktorarbeit vor mir als Buch veröffentlicht hast. Du warst mein Ansporn, auch endlich zu Potte zu kommen.

Der allergrößte Dank geht aber an meine unermüdliche Lektorin Lieselotte Peng. Das Geräusch des quietschenden Rotstifts hat mich tief traumatisiert. Dagegen war dein oftmals schallendes Lachen Balsam für meine Seele. Deine direkte und ungeschminkte Kritik hat uns manche Kämpfe beschert, die meistens zu deinen/meinen Gunsten ausgingen. Du warst sehr geduldig mit mir. Ohne dich gäbe es kein Buch. Love you, Honey!

Und nun ganz zum Schluss, noch eine weitere kleine Preisfrage. Ich finde, wer bis hierhin gelesen hat, hat noch eine kleine Rätselei verdient.

Los geht's:

Was wünscht der eine Angler seinem Angelkollegen?

Richtig: Petri Heil!

Ein Kegler dem anderen Kegler?

Richtig: Gut Holz!

Ein Bergmann dem anderen Bergmann?

Genau: Glück auf!

Aber was wünschen Taxifahrer einander, wenn sie sich trennen und allein auf Beutejagd gehen? Na?

Wer das weiß, kann mir gerne schreiben. Man darf auch raten, der Phantasie sind hier keine Grenzen gesetzt. Und bitte auf Berlinerisch. Meine E-Mail-Adresse steht vorne im Impressum.

Lieselotte will, dass die letzten Worte *love is the answer* lauten, aber ich weigere mich. Im Prinzip hat sie ja recht, aber es ist mein Buch und deswegen ende ich, wie ich will, nämlich mit einem Punkt. Punkt.

I N H A L T